フロ屋のねえちゃん

芳澄 櫻
Sakura Yoshizumi

文芸社

はじめに

はじめましてーのこんにちは（おはよう？　こんばんは？）。

友人に手紙でも書く気持ちで書いてます(ダメだろう、やっぱ)。なので、友人からの手紙の気分で読んでくれたらありがたいデス。

自分は職業風俗嬢、二十九歳のバツイチ子持ちです（三十にリーチ！）。

まぁ世の中探せばおんなじ人がたくさんいると思うけど、みんな共通していえるのが職業の欄をどうするかってことじゃないかなぁ（全員ではないかもしれないけど）。

自分のバアイ、パートか自営と書いてます（とりあえず嘘ではないから）。

子どもがいると、学校から公的なものやらでなにかと頭が痛くなっちゃうんですが、正直に「フーゾクで働いてます」って言ったら相手がひいてしまう……だろうなぁきっと。

「りっぱな仕事だよね」なーんて言ってる世のオヤジでも、あんたら本当にそう思ってんのかな？

でもさぁ働いてわかったけど、ないと困るんだろうなぁ、世の中の風俗店。

犯罪増えたり、不倫が増えたり、獣姦したり（？）すんだろーなぁ。

お手柄ってことであたしたちを表ショーしてくれよ、おまわりサン。

じゃ、「芳澄櫻菌」バラまき開始!!

フロ屋のねえちゃん／目次

第一章　あたしのこと

空

その日、空はきれいな青のグラデーションを三六〇度すべてに描いていた。街ゆくカップル、親子連れ、スーツ姿のサラリーマン、キャリアウーマンのおねえさん。みんながさわやかで、まぶしすぎて、あたしは眼を開けていることすらできなかった。

あたしが唯一、きちんと空を見ることができたのは、高いビルがたくさん並ぶ隙間に見える小さな四角い空だけだ。そこにきれいなグラデーションはなかった。そこにあるのは一色の絵の具をベタ塗りした、つまらない四角の空だけ。

その頃のあたしは、ただぼんやりとそんな四角い空を眺めていた。考えることすらめんどうになって、ただぼんやりと。どこを見ているのかさえ、わからないままに。

いつしか、あたしはビルとビルの間をよじ登りはじめた。からだが引きちぎれてもいい。四角い空はもうあきたんだ。三六〇度広がる空が見たいんだ。それだけのことだ。

いつかてっぺんまで行けたら、あたしの眼には、きれいな青いグラデーションが映るだろう。そしたら、大きく眼を開けて、ぐるぐるまわりながら見よう。

あともうちょっとだ。みんなすべての人間に三六〇度広がる空は見えるはずなのだから……。

あたしのなかのもう一人のあたし

自分が自分でないというか、別な人の気がしてくる。

知らない人の体を借りて、私の心だけが存在している。

心の中には負の力だけがある。

たとえば深い海の中。鮫が口を大きく開けて待っている。その中へ、誰でもいい「入れ」と言ったなら、あたしは迷わず飛び込むだろう。だって体は自分のものではないのだから。心まで喰われはしないのだから。いっそ、体といっしょに心まで喰われてしまったのなら、どんなに楽になれるんだろう。

そんなことを考えながら、今日も薄汚れた湿度の高い天井を見上げていた。見知らぬ男の体重で、体がプチッと音をたててつぶれればいいと思いながら……。

第一章　あたしのこと

真っ黒い塊があたしをのみこむ。あたしは息ができない。苦しい。助けて。

どうしてこんなに近くにいるのに手が届かないの？

頭が割れそう。

体の中のすべての毒を吐き出してしまいたい。ドロドロしたすべてのものをあたしの中から出してしまいたい。

真っ黒い塊があたしを支配していく。体中の血液とともに爪の先までいきわたる。

心臓が痛い。感覚がないままに鼓動だけが大きな音で響く。

うるさい。いっそ止まってくれ。

不安という名の真っ黒な塊。あたしの不安はいったい何？　自分でわからない。

ただわかるのは、近くにいるのに、すごく遠く感じてしまうということだけ。

あたしは眠るのがこわい。目が覚めたら自分が見える気がしてこわい。

あたし、パニック障害らしい。


お金と健康どっちが欲しいか？

彼は健康が欲しいと言った。

そんな彼があたしは好きだ。

「バカだけど、こんなに元気」

こんな言葉を言う彼が好きだ。

ちょっと落ち込んだとき、あたしはこの言葉を思い出す。

「○○だけど、こんなに元気」

なんだかあたしにとって、魔法の呪文になっている。ちょっぴり前向きにしてくれる彼の格言。

たしかに「金持ちだけど重病人」より「ビンボーだけど、こんなに元気」なほうが、絶対絶対幸せにちがいない。

単細胞人間

あたしは、なーんでも信じてしまう。

目から、耳から入った情報に対してストレートに「へぇ〜」って心を直撃してしまう。

一度脳へ行って、考えるってのはそのあとだ。

そのせいでけっこういろいろあるなぁ。あとから「ああ損したァ。バカだなぁ、あたし」って思うようなことばっかりだ。

初の「バカだなぁ、あたし」は高校生のときだった。

その頃、スーパーのレジでせっせとアルバイトしてたからちょっとお金を持っていた。夜中にウダウダしながら雑誌を読んでて「へぇ〜すごーい」とあたしのハートを鷲づかみにした広告があった。それは、なんでもスイスイ記憶できるというすごいモノで、これさえあればテストは完ペキってわけだ。

さっそく注文してウキウキと中身を開けたら、字がいっぱい書いてあった。内容は忘れたけどゴロあわせでおぼえるらしい。そのゴロあわせを考えてる時点でフツーに勉強したほうが早いじゃん！　そんな結論に達したあたしは、その商品を開くことは二度となかったのである。そして、後日届いた請求書で母ちゃんにこっぴどくおこられちった。

あと、開運グッズ。雑誌の裏表紙に載ってるアレ。アレってさぁ、読んでるうちに洗脳されるような感じがしてくるよね。アレ書いてる人は天才だよなぁ。読み終える頃には「もう買うしかないよナァ」って気持ちになってる。一万円かそこらで宝くじ一等当たるんなら惜しくないよーって気になる。

その一万円くらいって値段もスゴイよねえ。これがさ、十万円だったらちょっと考えるとこだよねぇ。そして冷静にもなれる、と。ヘンにそんな値段なものだからさ、もうソッコー電話したりすんだよ。

ともかくそんなふうにして買った開運グッズはいったい何コだ？　ブレスレット二個。財布も二個買った。効果のほうはというと……よくわからん!!

そんなあたしを周りの人間は「バカだねぇ……」と言う。

「そうだねぇ……」クスン……。きっとみんな思ってるんだろうね「それで幸せになるなら、みーんな幸せだよ」って……。そりゃそうかもしんない。


そして次に宗教。

ちょっと前に（かなり前だけど）手相占いに行った。

じつはずーっと手相って気になってて、行ってみたいナァって思ってたらさ、フリーペーパーにクーポン券があったからラッキーって思って行ってみた。

そこに奴らはいたのだ！

小さなビルの四階。エレベーターには、ばあさんらしき人とその娘らしき人とあたしの三人。向かう先はどうやら同じ。

カランと鳴る喫茶店みたいなドアを開けると、きれいなおねえさんが出迎えてくれた。とりあえずクーポン券を差し出す。

「ちょっと待っててねー、先生呼んでくるから座っててねー」

とおねえさんが言い、奥へ行ってしまった。

あたしがぼーっとしつつもキョロキョロしてると、さっきのばあさんらしき人の声が聞こえてきた。

何やら低ーい声で、ごねているらしい。

「高いんだよぉ、四千円するなんて」

「だってお母さん、りっぱになりたいって言ったじゃない」

娘らしき人の声。あたしの頭の中は「⁇」でいっぱいになった。

〝りっぱになる〟って何だいったい？　手相占いしてもらうとりっぱになれんの？

あたしもりっぱになれんのか？

なれたらラッキーかもねえ。聖徳太子とか、卑弥呼とか、小泉さんとか、暴れん坊将軍とか、水戸黄門……いや、できればクレオパトラになりたい‼　絶世の美女でしょお？　なりたい！　でも〝りっぱな人〟なのかぁ？

バカなことを考えてたら名前を呼ばれた「どうぞー」だってさ。病院みたい。

すすめられるままに〝先生〟の向かいの椅子に腰かけるあたし。

言われるまま手をさし出す。

〝先生〟は何やら紙に書いている様子。

「何を聞きたい？」

の声に、ドキッとして顔を上げた。

考えてなかったケド、無難なとこで、

「結婚かなあ……」

とマヌケなあたしは答えた。

こいつ、あたしがバツイチと見ぬけるかって、ちょっとイジワルな気持ちもあった（笑）。

そしたらさぁ、当たったんだよねぇ。

「一回失敗してるでしょ？」

だってぇ。

そのあと、いろいろしゃべるしゃべるしゃべりまくり。それが全部当たってるよー。コエーよ。そしてさ、実はこの少し前に姓名判断のおっさんに名前を見てもらっていたのと同じ結果！　三十一歳か、三十二歳頃に大開運!!　うっわー、マジで？　やったぁ!!　浮かれているあたしにトドメの一発。

「でもね、今もだけどツライコト多いでしょ？　私もね、そうだったの……」

〝先生〟は自分の不幸を話し始め、ある人に〝救霊〟ってものをしてもらったら、今のような職につけて生きる勇気をもらったと語った。

もう、そんな涙もんのお話を聞いたら、あたしとしては「本当にー？　スッゴーイ！　あたしもやるぅー!!」ってなってしまい、帰りに即〝救霊〟の予約をして帰路につきましたとさ。

やたらと親切だったなァ……。本までくれたしさぁ。

その本読んでもまだ気づかないあたしは愚か者です。

そして約半年。あたしはまんまと占い屋に化けた。勧誘員（？）の思うツボだったのです。「やっぱおかしいよー、やめよう！」って思ったきっかけは、お札とかさぁ、高いの買ったのに、べつにイイことなかったし、TELとかウザったかったし、何より、あたしがめんどくさがりで行くのがイヤだったから。

いまはやめたけど、べつに悪いこともないし、やっぱ幸せって宗教に入ってるからとか、そういうんじゃなくて、自分で見つけて、自分でつかむもんだしね。なんでも自分だよねぇ。行動起こすのもやめるのもー。

まァ、あたしはとりあえず、この宗教の件で、このような考えを得たので、とりあえずまーいっか！　となったワケでした。

だからといって、宗教とか占いとか未知なものを否定はしないよ。それが生きがいで、その人が毎日ウキウキならそれでいいさ。

みんなニコニコなら、ばんざーい！　だよ。

やりたいコトたくさんやろうよ

友人が、かなりヘヴィな内容のメールを送ってきた。

どうやら離婚したいという相談（?）らしい。

彼女は私が二十歳頃に働いていたパチンコ店の先輩である。そこの客と結婚し、三人の子のお母さんになった。

ダンナさんの両親、おばあちゃんと同居の大家族だ。やっぱり同居っていろいろあるんだナァ……私には経験ナイけど。

他人と暮らすって、ちょっとなぁと思う。私なんてさ、夫とだって暮らすのイヤだったし（笑）。

自分の親もいやだ。たまに実家でのんびり話をするくらいでちょうどいいしさ。

人に気を遣って生活するってストレスたまるよねぇ。おならもその辺でできないじゃん。

おっと、話を戻さねば。

そんで、さっそく彼女を家に呼んでいろいろ話をした。

しかし、離婚経験者といえども、立場、状況がまったくちがうのでアドバイスなんてできやしない。

結局、「夜眠れないし、ドキドキしてさー」って言うから、「病院行けよー。死ぬなよー」で彼女とバイバイした。唯一、「話したら、ちょっとスッキリした」という彼女の言葉がうれしかったナァ。

でもさ、本当に自分がやってきたことって見てくれてる人は見てるから。

自分を信じて行動するのみだと思うんだよね。

言いたいこと我慢していたら、相手に何も伝わらないしね（エスパーじゃないんだからさぁ）。ときには〝あ、こんなこと言ってマズイかな〟って思うコトもあるけど、やっぱり言ったほうがいいよね。それで何かが相手にわかってもらえるなら自分が生きてるって証拠になるさ。

思ってるコト言えなくて、満足できないってソンしてるよなぁ……（フーゾクのお客さんにもいるよね、こーゆー人）。

自分の頭の中を言葉にして何でもしゃべると、たいてい相手もちょっとずつ心を開いてくれるような気がするよ。

生きてるのは、あっという間（のハズ？）だから、楽しく、おかしく、笑って過ごすのが一番だよね。

我慢して……なんてつまんない。

やりたいコトたくさんやろうよ。

まちがっても、失敗しても、もう一度やればいいさ。

ま、テキトーに、で、いいんでない？

「適当」って、いいかげんな意味っぽい雰囲気だけど、けっこーいい言葉だよね。

彼女には幸せでニコニコしててもらいたいです。

だってあたしの数少ない友人のなかの大切な存在だから。

自殺した友だちのこと

数年前、あたしの友人の一人が、二十三歳という若さでこの世を去った。死因は自殺。

あたしはそれまでも彼女に年賀状をかかさず毎年送っていたので、その年もいつもどおり娘のプリクラなんかを貼ってポストへ投函していたのだった。

お正月も明け、ああ仕事だぁ……って、イヤぁな気持ちになってたころ（当時あたしはまだ既婚者で、フツーに事務員をしてた）、家の電話が鳴った。

電話の声はおばさん声で、セールス電話かと思ったあたしは「いらないよ」と言いかけた。次の瞬間そのおばさん声が言った「キヨミの母です」。その声のトーンで、あたしはすぐになんかあったのを察した。

その電話で話したことは、頭が混乱しててよく覚えてないけど、キヨミのお母さんのすすり泣きが今も耳から離れない。自殺したのはその二カ月も前だった。

キヨミとは高校も別々だったし、しばらく会っていなかったのに、偶然彼女のアルバイト先の下着売り場で会った。

何年かぶりで会った彼女は、中学の頃ふっくらしていた顔がやせてしまっていて、体も折れそうなくらいだった。そのときはダイエット頑張ったんだナァ、なんてのん気に思っていたけど、実際はココロの問題で激やせしていたんだと今になって思う。

その日をきっかけに何度かアルバイト先に会いに行ったり、中学時代の友だちの飲み会に誘ったりしてちょくちょく会っていた。

そうやって会っているとき、あたしは娘を出産した病院でキヨミの名前を見つけたときのことを思い出した。

入院中、あんまり暇だったんで、あたしは病院内をウロついてた。そしたらキヨミの名前がある病室を見つけた。

思わず「久しぶりぃ〜」なんて言って中に入っちまおうかと思ったけど、その病室だけほかとはちがう閉ざされた個室だったんで、さすがのあたしもドアの前で考えた。

なんかひどい病気かもナァ……。

今は行かないほうがいいのかなぁ……。

そんなコトを考えてるうちに、三日たち（三日めから赤ん坊のめんどうは母親が見るコトになってる）、あたしは生まれたての娘にふりまわされながら、すきをついては眠りこけ、やがて退院してしまったのである。

あたしはキヨミに、

「出産のとき、同じ病院にいたよね」

となにげなくきいてみた。けれど、彼女はただ笑って答えをにごしていたっけ。

当時その病院で生と死があったことをあたしは知らなかった。

あたしは娘を出産した。

彼女は子どもを産みたかったのに中絶した。六カ月になっていたそうだ。

もし、事情を知ってたら、彼女が病院に行く前に、あたしは相手の男をなぐりつけたかもしれない。

あたしは知らなすぎた。

彼女とケンカしたこともなかった。

おこった顔も見たことない。

彼女はいつも笑ってて、敵は一人もいなかった。

彼女の心の奥底を見た人はいるんだろうか?

中学生だった頃、ほとんど毎日いっしょだった。クラスは違ったけど、朝は必ずいっしょに登校した。

絵がうまくて、歌が上手で、みんなを笑わせるのが好きで……そんな彼女が大好きだった。

あんまり人づきあいがうまくなくて、友だちがいなかったあたしともフツーに仲良くしてくれた。

心の中の黒い塊を彼女は吐き出すことができずに、飲み込まれてしまった。

吐き出すこと。ぶちまけること。おこること。泣くこと。笑うこと。喜ぶこと。「喜怒哀楽」のひとつでも欠けてしまうと人はダメになってしまう。

あたし、気づけなかったなぁ……。

彼女の最後の暑中見舞いに、「電話してねー」って書いてあったっけ。いったいどこにつながるんだよ？　電話かけたら出ろよ、絶対……。

忘れられてしまうこと。自分という存在がなかったことになってしまうということ。あたしはこわい。きっと彼女もそうだろう。

だからあたしは忘れない。

彼女が笑ってた顔。

もし幽霊になってあたしの前に現れたとしても、

「今日、何食ったの？」

って聞いてやる。

そして彼女の分も、あたしが楽しく生きてやる。

中絶

あたしは過去二回中絶をした。一度めは十八歳になったばかりの頃。元ダンナの子ども。そして二度めは離婚後の今の彼の子ども。

中絶については人それぞれ考えの違いがあると思う。

あたしの出したこの結論に怒りを覚える人もいると思う。


十八になったばかりのあたし。それまで夢見心地で生きてた自分は、あまりにも考えが幼すぎた。人に対して依存しすぎていたのだ。

命の重さにも気づいてはいなかった。

ただ、自分がかわいそうだと思ってた。

人から同情されたくて仕方なかった。

口では「産みたい」と言いつつ、最後に手術台へのぼったのは自分だ。どうしても産むつもりならば、病院から逃げればよかっただけなのだ。周りの人間のことなど考えず、ひとつの〝命〟を守れたはずなんだ。

「まだ若いんだし、これから何度でも子どもは産めるんだから……」

周囲から言われた言葉。

今のあたしなら間違ってるって気づく。何度も子どもは産めない。子育てに年齢は関係ない。今、お腹の中にいる子どもの代わりの子どもなどいない。

その頃のあたしに会えることなら、今のあたしは迷わずに「産め！　なんとかなる！」って言うだろう。

あたしの一生の後悔である。一生かけても償うことのできない大きな罪だ。

二度めの中絶。二十六歳の夏。

彼がいてくれることがうれしくて、うれしくて、避妊をしていなかったのだ。

大バカヤロウのあたし。

その頃は離婚をして、今の仕事をしていた。彼に対しての罪悪感がすごくあって、少しでも客とは違うんだよってのを、見せつけたかったのもある。

結果、妊娠判明。当然のことである。

ここでもまた、あたしは人に対しての依存がかなりあった。

結婚していっしょに育てるという選択肢、彼がそれを選ぶことに期待をしていたような気がする。自分の体内より出した〝命〟には責任を持って生きる手助けをしなければいけない。その責任を全うできないという不安が少しでもあったなら、体内より出すことは許されないのではないだろうか。

あたしにはすでに五歳になる娘がいた。結婚していっしょに育てるという選択肢がないのならば、子どもをふたり、あたしが育てていくというのがある。お腹が大きくなり出産する＝仕事ができない。あたしが育てるのに収入がなくなる。ということは出産できないのでは……おまけに五歳の娘のめんどうを誰がみるんだ……という結論に至り、この二度めの中絶は自分の意志で行った。現在の生きる手立てを優先したのだ。

だからおなかの〝命〟には申し訳ない気持ちでいっぱいだったが、かわいそうだとはちっとも思わなかったので涙は出なかった。むしろ自分への怒りが大きすぎた。無責任に人間の〝命〟をつくり、そしてこの世へ出してあげないという酷い仕打ちを行ったあたし。人として許せない。

この二度めの殺人の後から、あたしはピル（病院でもらう排卵を止める薬）を飲み始めた。それまではなんだか体に悪いような気がして飲めなかったのだが、自分の体のコトよりも、大切な〝命〟を殺してしまうのはもうイヤだ。

一生二つの十字架を背負って、殺した〝命〟にガッカリされないように、しっかり生きてゆこう。そして今ある〝命〟の娘を大事にしよう。これがせめてもの罪ほろぼしであると信じて……。

それから〝命〟を、あたしという人間に与えてくれた両親にめちゃくちゃ感謝しています。

ある日のケータイ日記より

――元ダンナと娘が会う日――

昨日は月イチの「娘と元ダンナの会う日」だった。娘が会いたいなら……と思って会わせてるんだけど、あたしったらいつも気が狂うほど心の中がモヤモヤしちまうの。

何でか自分なりに考えた。

その一　養育費すら払ってねぇくせに、娘にはいい顔してるってこと。

その二　現妻もいっしょに会ってるってこと。

その三　前の二つのことも交えてあたしは元ダンナに嫉妬してる。

以上、結論「あいつだけ幸福でムカつくぜ」……となっちまいました。

あぁイヤな女ですみません。

――以上日記より――

この嫉妬というイヤ〜な感情。それといっしょにもれなくついてくる憎悪、怒り、不信感。誰もが生まれてから一度や二度は味わってる恋愛にセットでついてくる感情だ。

あたしはこの嫉妬で、怒りが最高潮に達すると、それが涙となって流れ出て、体中がアルコール依存症患者のように震えてしまう。そのとき頭の中で何かがはじけたら……想像するのも恐しい事態に発展してしまうのだ。

あぁ、なるべくそういう感情になることなく、穏やかに暮らしたい。

最近はあんまりないな、うん。少し強くなってきたのかな。

あたしの幸せ

幸福――幸福ってなんだろうねぇ。

自分にとっての大切で大事で、いないと困る人が、自分の近くで規則正しく呼吸をして、ちゃんと心臓も動いていて、目を開けてあたしを見て話をしてくれる。コレ、幸せだよ。それだけで涙が出そうになるねー。

大好きな人が笑ってる。コレも幸せだ。

休みの日の朝寝坊。

パチンコ屋に朝並んで、抽選で一番ひいたとき。

娘とテレビ見てくつろいでるとき。

おかし食べて下にこぼさなかったとき。

くもりの日に洗たく物を干して乾いてたとき。

風呂に入浴剤入れる瞬間。

スロ打って、ビッグ引いたの気づいてから、すぐ目押し成功したとき。

なぁんだあたしの幸福。けっこう近くにいっぱいあったじゃんか。

バラバラなあたし

小さい頃にさ、自分は人と違う変な能力があると思ってた人って、けっこういるんじゃないかなぁ？　あたしもそのひとりなんだけど。

幼稚園くらいのときはいじわるな自分が確実にいて、そのもうひとりの自分はいっぱい悪いことをしてるの。近所の女の子泣かせたり、万引きしたり。本当の自分は勇気がなくて遠くから見てるのね。こうフワフワ浮いててさ。

それは小学校になるとなくなって、代わりにぜんそくで学校休んで、ひとりで寝てるときには必ず天井と窓の外から声がして、着物をきた女の子と男（大人か子どもか忘れた）が出てきて、女の子がまりをつきながら何やら歌ってる。それがどんどん寝てる自分に近づいてきて——って、そこまでは覚えてるんだけど、その後が謎です。

まぁたぶん夢かと思うんですけどね。

それをあたしはぜんそくの魔法だと思ってました（アホですな）。

変な能力は高校のころも信じていて、その頃あたしは飲食店でウェートレスのバイトをしてたんだけど、「料理を運んでー」って言われる直前に「絶対落として客にグラタンをかける！」ってそのシーンが頭にパッと浮かぶと、本当にそうなったりしてた。そのときはやっぱり変な能力あるぞーって、ちょっと興奮してたけど、今思えば「めんどくせー」っていう潜在意識みたいのがそうさせたのかなと思う。

頭と体……いや、心と体はつながってるということで。たぶんそれをバラバラにしてしまうことができる自分がたしかにいると思います。だからお仕事もへっちゃら。

恋愛

依存してはいけないといつも思う。

けど、気づくとヒトツのことしか見えてない自分に驚いてしまうんだ。心と体が反対なんだよね、いつも。

すごく会いたくてたまんなくても、連絡がくるまで知るもんかーって言い聞かせてみたり。そのくせ不安で不安で、胸の中で塊が育っていく。そのときのあたしは魔女だなきっと。白雪姫に毒りんご持っていく魔女の顔になってるハズだ。

よりかかってダメだと思えば思うほど、苦しくなっていくなぁ。

ひとりがこんなに苦しいとは……。でも本当、今はひとりじゃないから、とりあえず生きていけてるわけです。

大切な時間

ココロとカラダは別々で、単体がふたつ。なのにくっついてひとつのモノになるときがある。それは大好きな人のそばにいるとき。

そのときのあたしは、うれしければ笑って、悲しければ泣いて……。喜怒哀楽のある貴重で大切な時間です。

そういう心と体の一体化のひとときがないと、あたしは壊れちゃうに違いない。それがすごくおそろしくて仕方がない。

大好きな人の背中にくっついて目を閉じると、カラダがフワフワしてココロもあったかい。背中からの体温があたしを全部あっためてくれるんだ。いつもどこかしら、さわってたいんだよなぁ。大好きな人の体温が感じられるように外では必ず手をつなぐ。あたしが消えないように手をつないでいてほしい。

大好きな人の体温には、あたしにとって大切なパワーというか気のようなものがあるんだよね。ほかの誰かじゃダメなんだ。すごくすごく愛しちゃってる人じゃないとね。

しばらく会えない日が続くと、分離してるココロとカラダが二度とくっつかないんじゃないかとこわくなるよ。

あたしのすごく効く精神安定剤なんです。彼の存在は。いないと死んでしまうー。

はじめて物語

　コレ言うと相手の反応を見るのが面白い話があるんだけど、たいていの人は、「ウッソだぁ〜」と信じてくれない。あっのねえ、人を外見で判断しちゃイケマセンって小さいころ言われなかったのかね、キミたちは。

　さて、問題のコレ……ズバリあたしの結婚（過去だがな）。

　最初の（次はあるのか？　あたし！）結婚は十八歳のとき。相手は初めての彼氏で、初めてのチュウと初めてのエッチの人。

　初エッチが高二だから、その後ずーっと他の男の人を知らないでいたわけだ。

　なーんにも考えないで結婚しちゃってアホだよ、あたし。

　いやぁ、でも、この初づくしの結婚、伝説だよな、マジで。

　少女マンガとかでよくありそうなパターンだ。結婚式のシーンで「終わり」なんだよ。ハッピーエンドってわけよ。

　しかし！　しかし！　しかしだよ（くどいわー）、あたしの場合は、きっと神は許さなかったのだろう、「ハッピーエンドで終わってんじゃねーよ。オマエには山あり谷あり雪ありドブありコエダメありの超スペシャルロードを用意してるんじゃー！ありがたく思えー！」ってなとこでしょうか？

そんなこんなで現在バツイチでござる。

まあ今はお気楽に暮らしてるから、神様、面白い人生でありがとよ……カナ。

大好きパチスロ

あたしはプチギャンブラーである。どうしてプチかってーと、それで食っているワケじゃないから。

パチンコ、パチスロ、競馬、競艇、宝くじ、全部大好きだ（うちの地域に競輪がないから、これだけはやりたいケドやったコトない）。唯一ルール知らないのが麻雀だなあ……トランプ弱いからポーカーもダメっぽいし。

今いちばんよくやるのがパチスロである。

もともとはパチンコ派だったんだけど、二年ほど前に初めて打って、出ちゃったもんで、それからはパチスロオンリーだ。I　LOVE　パチスロ！

今じゃ月の三分の一はホールへ行く。生理休暇のときは毎日通いづめである。

勝率のほうはというと、なんと偶然にも（？）奇跡的に勝っているのであるよ。

下から大量出血しているとコインも大放出!?　ヒキの強さは生理んときはピカイチだ。気合で勝つ！……しかし、そうもうまくいかない場合もあるので雑誌を読んだりして日々研究勉強をしてるよ。

奥が深いよねーパチスロ。どんどん新しい機種も出るし、もうワクワクが止まらなーい。ホールに朝並ぶときなんて、テーマパークに行ったときのようなドキドキ感だよ。

このギャンブラーの血は父からひいているとしか思えん。おそるべしDNA。幼い頃、父に連れられ、パチンコ屋さんに行った懐かしい日々（今は子どもは入れません）。よく父は母にバレて、怒られてたっけ。

うーん、その頃からすでにギャンブラーの血は目覚めはじめていたのかも……かも～かも～（エコー）。軍艦マーチを聞くとウキウキしてたもんなあ（最近は聞かないよね、あんまり。時代の変化かもしれないケド……。是非あの音楽を聞きながら打ちたいもんだ。ホールの人お願いしますよぉ）。

というワケで「早く来い来い生理休暇～」なあたしです（母子家庭なのにダメなかぁちゃんだよなぁ……）。

前向き、後ろ向き、そして真ん中

「前向きに生きていこう、目標を持って」よく聞く言葉だし、幼いころから学校なんかでもそんなふうに教え込まれた気がする。

だけど最近、別に前向きじゃなくてもいいんじゃないかと思うようになった。

とりあえず後ろ向きはダメだろう……なんだか不幸のオーラがただよってるっぽくて、あぁ、あたし不幸、不幸なのよー、なんとかしてよー!! いや、そこまでは言わないにしても、過去にこだわるのは、ちょっぴりかっこ悪いしさ。

で、あたしが思ったのは前向きほどは気合の入ってない、真ん中の位置。つまりナチュラル、自然に、本能のおもむくままに……だ。実行してみたら(したのか?)ヒジョーに楽だ。

家事でいうなら、そうじ、洗濯、後片付け……こいつらは気が向いたらやるコトにした。

前までは、そうじは休みの日は完ペキに!が、あたしの主義だったけど、真ん中に変えてからは、やりたいとこだけー。しかも、やりたくなかったら、やらない……となった（だらしなくなっただけ？）。

とにかく「本能のおもむくまま」なので、外に出るのがイヤなときは出ないし、眠くなったら寝るし、勝手気ままなのだ。

今まで、けっこー完ペキ主義っぽく過ごしてきたので、〝どうしよう〟〝あれもこれもやらなきゃ〟と気がはりつめていたのだろう、焦りだけで毎日が過ぎてたような感じがする。

真ん中ってのは、心の健康にはスバラしい効果があるようだ。

細かいその日の目標なんて、心は絶対不健康になるんじゃないの？　スケジュール帳とかさ……。

んで、最近は家でダラダラ過ごしてるのが心地よいのだ。

だけど度を過ぎると、ただのダラしない女になってしまうので、とりあえず注意しながら真ん中をキープしていこうかと思っている。

家出

十七歳の秋、あたしは家出した。高校卒業を目前にして、すべてがイヤになってしまったのだ。

現実逃避――知らない土地。知らない人々。あたしは、もっともっと本当はなんでもできるハズ。スゴイ人間であるハズなのだから、こんなつまらない田舎の町で、こんなつまらない人間関係に悩み、こんなつまらない親に毎日説教されてバカみたい、やってらんないよ。

すべてを白紙に戻して、自分の本当の能力を出しきったなら、みんなあたしをスゴイと言うだろうか。

そんな想いを胸に秘めて、ドス黒い気持ちでそっと家を出た。

表向きのあたしの夢は看護師だった。そのために受験勉強をしていた。しかし、本当はいったい何をしたいのか、何になりたいのか、ちっとも想像つかなかった。

本当なら、こんな高校入らなかった。本当なら、こんな家庭に生まれなかった。本当なら、今ここにいない。本当なら……本当ってなんだ？　何が本当だ？　じゃあ、あたしは誰なんだ？


行き先は隣の県にした。

とにかく遠くへ行きたい。

十七歳のあたしには県外はものすごく遠いところだった。

求人情報を見て、とにかく住み込みで働けるところを探した。

そして小さなパチンコ店で働くことにした。全然知らない町で年齢をいつわっているあたしは、他人の目にどう映っていたのだろうか？

仕事はただがむしゃらにやった。何も考えたくないから目の前のことにだけ集中した。

その町の人たちはそんなあたしにすごく温かかった。

数日後、現実に引き戻された。

どうやって捜し当てたのか母が現れた。

母は泣いていた。

その涙の意味があたしにはわからなくて、ただただ家へは帰りたくなかった。

その気持ちだけが強くて、帰りの駅の人ごみにまぎれて、わざと母とはぐれた。

そして第二弾の家出。

さらに隣の県へ行ってみた。

また同様にパチンコ屋さんに住み込みで働いた。年齢をウソついて……同じだった。

どこへ行っても同じだった。

心の中は何も入っていない箱だった。

いったい、あたしは何を求めていたのだろう。そして何がしたいのだろう。

一カ月後、また現実を見た。

父と母と弟が、今度は必ず捕獲するぞと車で来たのだ。

あたしが必要だから迎えにきたわけではなく、保護者としてきたのだろうと、ぼんやりあたしは思っていた。

あたしは親の所有物であることを、そのとき実感した。

未成年の無力を実感した。

そしてまた家出

県外への二度めの家出後、しばらく家の外に一歩も出られない日々が続いた。学校は停学となり、ほぼ毎日、日替わりで各教科の先生がやって来た。ノートが何冊にもなるほど勉強させられ、これがなんの役に立つのか疑問だった。今考えても、まったく無意味な日々だった。ただ生かされているだけ。楽しみは何もなかった。息がつまり、家族の顔色をうかがいながら過ごしていた。

停学があけた。やっとカゴから出て行ける……そして、もう二度とあたしは家には帰らなかった（妊娠してから帰りましたが……）。

学校もそのままやめた。やめたのか、やめさせられたのかはいまだにわからない。同時に結婚へとつながる同棲生活がスタートしたのである。十七歳の初冬のことである。

親の気持ち

一人娘に家出されたら、あたしもやはり捜すだろう。どんな手段を使ってでも捜すだろう。

悲しさ、くやしさ、そしてめちゃくちゃ心配だ。変な事件に巻きこまれていないか。ケガでもして動けなくなっているのではないか、さみしくて泣いているのではないか。とにかく胃が縮こまるくらいに心配だ。

親になって、やっと親の気持ちがわかった。心配で仕方なかったのだろう、あたしの親も……。

だけど、もっと原因は何か聞いてほしかった。いや、話すことができなかったあたしも悪いのだ。

あたしを囲って自分の手の中に置いておきたかったうちの親。その気持ちも、今は少しわかるけど、あたしは娘には同じ目線でずっと接していきたいと思う。昔の自分の気持ちをずっと忘れないでいたいと思う。それしか子どもの気持ちをわかる方法ってないんじゃないの？

い出しただけでムカつくわー!!

五百円ハゲの女

あたしの〝ハゲ歴〟はもうかれこれ十年以上にもなる。

高校へまだ通っていたころ、無意識に髪を引きちぎるという癖があって、はっと気づくと足元にまるで髪を切ったかのような束の毛がいっぱい落ちていることがあった。

初めて自分の〝ハゲ〟に指が触れたとき、ゴキブリやネズミを見たときみたいにビクッ!! としてしまった。

恐る恐る鏡を二つ合わせて見てみると、五百円玉以上にデカい範囲で髪がなくて、地肌が丸見えになっていた。

やべぇ……このまま広がったらヅラだ。

不器用なのにヅラをきちんと装着できるか、あたし?

いきなし不安になった。んで、皮膚科に行ってみた。病院なんだから毛が一発で生えてくるにちがいない!! どんなイタイ治療でも我慢するよあたしは! と鼻息も荒く診察室へ入ったのだが……「円形脱毛症です。薬出しておきますので、朝晩つけてください」ものの三分くらいで追い出されちまったい。どーゆーこっちゃ？乙女が恥をしのんで〝ハゲ〟の告白をしたってのに、それだけかい？だけど、とりあえず薬をつけてみるあたし。一日め、二日め、一週間……生えてこねぇ……しかもめんどくせぇ……で、つけるの忘れてどうでもよくなってしまった。

半年ぐらいして美容院で、「すっごい短い毛がたくさんあるところがあるんだけど、どうしたの？」ときかれた。

そうか、あの〝ハゲ〟に知らない間に産毛が生え、にょきにょき育って、謎の大量の短い毛として成長したのか。やるじゃんおまえら‼

いまだにハゲと成長を繰り返しているあたしのアタマ。

いろんなところがハゲる。ちなみに現在は右のえりあし部分。見えないところでラッキーだ。

すごくハゲてることに対して悩んだりしたけど、いまはもうすっかり慣れちゃって、チャームポイントはハゲと開きなおっている。

原因はいったいなんでしょー？

ストレスって説が多いらしいけど、人間ノーストレスなヤツなんていないじゃん？ というコトは人類みなハゲっつうコトになる。しかし、ハゲないヤツもいるし……。

まァ、体質？？　クセ？？

あぁ、やっぱチャームポイントなのだよ。そう思うとハゲもかわいいもんよね。

性的虐待

今までずっと心のいちばん奥の奥へ追いやり、気づかないようにしていた過去がある。本当はその記憶の存在を消し去りたいのだが、人間てヤツは、そう思えば思うほど、忘れるという簡単な作業ができないらしい。

そのイヤな過去……小、中学生時代の自分に起こったこと。

そのころの周囲の記憶があまりないばかりに、イヤなことだけが、そのままの情景と感覚を残したままで、いまでもあたしを恐怖の世界に連れてゆくのだ。

兄による性的いたずら。ひとことで言えば簡単すぎる。

こうしたことは、この世では当たり前のことなのだろうか。

毎日が恐怖感でいっぱいだった時期。あたしが家出するまで六年は続いたはずだ。

小学四年生になる春。普通のサラリーマン家庭であるわが家は、小さな建売住宅を買った。ローンの支払いのため、必然的に母はパートへ出るようになり、毎日家にいる専業主婦ではなくなった。

当然、子どもだけで過ごす時間が増えた。そして、あたしたち兄妹は、心も体も、子どもでもなく大人でもない、中途半端な生き物へと成長していった。

兄はあたしよりも二つ年上であった。友人が多いほうではなかったので、クラスでも目立たない存在だったのではないだろうか。そして、こいつが、あたしにとって怪物となったのであった。

風呂をのぞかれる。使用済みの下着を見られる。たいして成長していない体を触られる。キスされる。

この上ない気持ち悪さだった。少し近づかれただけでも、その周囲の空気が毒ガスでもまかれたかのように異様に感じた。同じ生き物とは思えなかった。

あたしは自分の身を守ることで精一杯だった。なるべく弟と行動をともにしたり、お母さんにくっついていたり……。

だって怪物は家族がいるときにも目を盗んでは攻撃をしかけてきたんだ。

むりやりパンツを下げられそうになり、その手の甲を何度もひっかき、怪物の手はいつもひどいミミズ腫れになっていた。そして、あたしはお母さんにいつも怒られてた。あたしは悪くないのに……悪いのはあたしなの？　ねえ、お母さん……。

追いかけてくる怪物から逃げるため、キッチンのガラスドアの取っ手を握って開かなくした。ふとガラスがあることを忘れて、ガラスの向こうの怪物の足を蹴り上げた。ガラスが割れて、お母さんに怒られた。あたしが悪いの？　ねえ、お母さん……。

怪物は、きっと外でも怪物になることがあったのだと思う。

中学の一、二年の間、ひとつ上の女の子から、あたしは「痴漢の妹」と呼ばれていた。どういうことがあって、こう呼ばれなくてはいけないのか、聞きたくもないし、知りたくもないから、あたしはただ息を殺していた。

あたしが男だったら、こんなイヤな出来事は起こらなかったのだろうか？

毎日が戦場だった。あたしの安らげる場所はどこにもなかった。ただ、フツーに暮らせる家が欲しかった。

親にも先生にも友だちにも言えなかった。恥ずかしくて言えなかった。

今でも兄がこわい。

近づかれるとダメだ。

人は「辛いことを乗り越えたからこそ、今の自分がある」などと口にするが、いったい乗り越えるってどういうことなのだろう？　忘れること？　認めること？　理解すること？　どれもバカなあたしにはできそうもない。

ただ心の奥底へ追いやって、絶対に開かない鍵をつけて封印してしまうしか、あたしにはできない。

封印しても、無防備に眠っているあたしの頭の中で、ときどき怪物は姿をあらわし、そのたびにあのころの意識がよみがえる。そうしてあたしを苦しめる。

いつの日にか、あたしにも心の底から安心して眠れるような、そんな日がくるのだろうか。

第二章　フロ屋のねえちゃん

お仕事

あたしは風俗嬢つーのをここ何年かやってます。

きっかけは金に困ったのもあったけど、こっちの世界はずーっと前から見たかったんだ。

はじめに勤めた某ヘルス店。今思えばサイアクっすね。何がって金もだが経営者がイカンよ。店の女はオレの女……とゆー感じ。あたしは初風俗だったから全部そんなもんだと思っちゃったさ。

今のソープに来て目からウロコだったよ。本当大事にしてもらってマス。いーんですかこんなあたしにそんなに優しくて……。

そうそう、お客さんはヘルスよかソープのほうがだんぜん質がいいんです。お父さんが多いので、まず無茶しない。ルールは守る。逆にマットとか教えてくれたり（ベテランですねお客サン）、そして、遊び方は慣れてるっつーか、気持ちがほぐれますわ、こっちが。

それと三十代くらいだとおとなしめの人（彼女いない歴三?年?）とか、人生に疲れ、落ち込み気味とか……。まぁどんな客がこよーとステキな笑顔でイカシますぅ（プロですから）。

面接

風俗の仕事を始めて、もう四年くらいたつ。月日がたつのは、なんて早いんだろうね。

どうして、この仕事を選んだのかというと、簡単なことだ、ズバリお金。

子持ちのバツイチ女（しかも中卒）には、思っていたより世の中は厳しかったのである。

そりゃあもう、フツーの会社の面接もあちこち行ったよ。

そこでは、「どうして離婚したの？」なんて質問もされたさ。「そんなこと、今はカンケーねえだろ！」って思いながらも、答えたさ。ああ、言ってやったとも、すべてをね。そんなバカ正直なあたしに、向こうは、「今回は見送らせて……」と一言。あれこれ、聞くだけ聞いて、向こうの好奇心が満たされると面接は終わった。

そんなあたしの目にふれたのが風俗の求人。

もともと、見えないところがあったらのぞいてみたいっていうところがあたしにはある。

だから、ちょっと興味あったし、なかに入ってイヤだったら逃げよう、そのくらいの気持ちで面接に行ってみることにした。

第二章　フロ屋のねえちゃん

こころ

一時期、心療内科に通っていた。

ドキドキして眠れないし、最初は「もしかして、恋の病?」な〜んて、笑っちゃっていたんだけど、だんだん笑ってる場合じゃなくなって、ヒジョーに苦しくて、どうにもならなくなった。

それで、とうとう生まれて初めて精神面での病院に駆け込んだのだった。

病名は「パニック障害」。

原因っていう原因がナイのがこの病気の特徴らしい。症状も人によってさまざまだそうだ。

あたしの場合、緊張状態では症状が出ない。たとえば、仕事や家事をしているときなんかがそうだ。ある程度人間がいると大丈夫であることもわかった。

逆に人間がいすぎる場所だったり、車の中や一人の時間なんかに症状が出やすい。

症状は、「呼吸が苦しいナァ」「喉がつまる感じがするー」「なんだろう?」って思って、とりあえず深呼吸してると、そのうちになんだか呼吸の仕方がわかんなくなってきて、苦しくて、涙まで出てきて、そうするとどんどん不安になってきて、本泣きになってしまうワケですよ。

なんなんだろうねえ……いったい。

そういえば病院の先生がこんなことを言ってたっけ。

「人は緊張状態からリラックス状態、たとえば仕事をしているときから休憩時間に変わるときに、頭の中でスイッチの切り替えをしているんだけどね、あんたはスイッチが少し故障してるんだね」

そうか、故障だ。つーか、粉々になってる気がするんだわー。

たしかに、おかしな夢ばっかり見て、眠ってても疲れてるしさぁ……体もイタイ。でも最近はとりあえずなんとか寝つけるようになってきたから病院へは行ってません。薬（安定剤と睡眠薬）も飲んでナイもんね。

あたしは運動全般がまるっきしダメな人だから、きっとそういう「スイッチ」とかもさぁ、反応がニブイんだよね。きっとさぁ。

そんな反応のニブイ人だから風俗のお仕事もできてるんだよな、たぶん。

フッーの神経してたら、いくら割り切ろうってしても、この仕事しながら平然と暮らしていくのキツイだろうなぁ。

仕事始めたばっかりの頃はまだ〝フッーの神経〟だったのかもしれないなぁ。一カ月くらいはゴハンもまともに食べられないくらいに食欲落ちたし、眠る前には自己嫌悪で泣いてたし。あたしってかわいそう……みたいなさぁ。帰ってお風呂入っても、体が真っ赤になるくらいゴシゴシ洗ったりさぁ。

今じゃ平気でゴハンいっぱい食べるし、元気だし、近所の人に普通にあいさつもできるし!!

なんでかって？　仕事のことはそのとき、その瞬間に次々忘れて頭にないからなんだよね。

いつからだか自然にそうなっていった。

今日は何人のお客さんについたか？　どんなお客さんだったか？　本気で考えないと思い出せないんだよねえ……。

だから普段はほっとく。何も頭の中のちらかった書類を整えなくてもいいさ。

次に同じ客が来たなら、そのとき探せばいい。

あら、なんて便利なあたしの頭ん中！

スゴイよなぁ……自分で感心した。

だからといって、あたし、忘れっぽいわけじゃなくて、むしろ余計なことまで覚えてる。

昨日の娘のおならの音「ぷぃ～ん」だったのに、今日は「ぷぅ～～ぅ～～」だなぁ、とか。

あたしの頭の中はプライベート用の脳と、仕事用の脳に分かれてるのかもしれないなぁ。

あぁ、こう考えていくと、便利にできてます、人間は。

人間をつくった人に感謝しなきゃなぁ（誰がつくったんだろー？）。

からだ

こういうお仕事していると切っても切れないのが、ずーばり性病デス。自分は大丈夫って思っても、やっぱ、なるときはなるので検査は絶対なんだよねぇ。

うちのお店のような保健所が来るしっかりしたところは、病院からの診断書がナイと出勤できない仕組みになっている。このために必要な四大検査（クラミジア、淋病、梅毒、エイズ）が、保険がきかないのもあってびっくりするくらい高い！　泣かせるのよー、まったく。自腹だしさぁ。

じつはあたし、過去二回、この検査で淋病が発覚している。もちろんその都度、きちんと治して、再検査を受けて診断書提出してるんだけどね。

この淋病、女は自覚症状がナイときたもんだ。検査するまでわからない。お客さんにとってはロシアンルーレットなわけですよ。

ゴムつけるから大丈夫？

いいや、甘いね!!

ゴムをつける際にじかに触れるわけじゃん。そのときじゃなくても、洗うときとかさ。そしたら、そのバイキンマンが自分の手についてー。あちこちに菌がばらまかれて、その手で自分のアソコを洗ったら、あーら不思議、うつってしまったヨ……となるそうだ（病院で聞いたんだけどね）。

それから、最近じゃ、ノドにも感染するらしい。咳やたんがひどいなーと思ったら要注意。看護師さんが「うがいはマメにしてねー、うがい薬で」と言ってたヨ。

男の人の場合はけっこうすぐに症状が出るらしい。痛くて、膿（うみ）が出て、熱が出て、歩くのもツラくなるみたい。

淋病になったら、約一週間抗生物質を飲むと治ります。ちゃんと飲みましょう。

クラミジア――これも女の人には自覚症状があんまりナイらしいので、検査するしかナイみたい。運よくまだ感染したコトないので、よくわかんないなぁ（けれど最近いちばん多いらしいよ）。

梅毒とエイズは血液検査なのだ。

あたしは血を採られるのけっこう好きだから（変だ）いいけど、普通はイヤだから、なるべくならしたくないよねぇ。

そうそう、梅毒は首筋とかがバラみたいに赤く〝ぶわっ〟ってなるらしいよ。

処女でもなるアソコの病気に「カンジダ膣炎」ていうのがある。アソコの中にカビがいるという、よく考えると、イヤーな病気だよね。

風邪ひいて、薬（抗生物質）飲んだりすると膣の中のよい菌が死んじゃってカビが元気になっちゃうのだ。

これはすぐわかるよ。アソコに違和感があるし(かゆい!!)。ひどくなると赤く腫れてくる。

五回くらい通院し、ナカに薬を入れてもらうと完治します（病院によっては薬をくれて、自分で入れるところもある。その場合は薬がなくなった時点で再検査）。カンジダはみんな持っている菌だそうだ。

とにかく、ちょっとでも「アソコが変！」て思ったら、即病院。コレ間違いナシです。

病院行かなくても治るのは、毛ジラミくん。

毛ジラミは、お毛毛の根元あたりを見るとわかります。

「こんなところにホクロあったっけー?」って思ったら、ハイつまんでみましょう。かさぶたみたいにポロッととれたら、手のひらにのせて観察してみよう。足がいっぱいついてて「なにコレー!　いやぁー!!」ってなるハズ。

育てて日記つけようかな。カゴに入れて、って思っても無駄だよ(そんな人はいないと思うケド)。毛ジラミくんは人の皮膚にくっついて血を吸って生きているので、カゴの中じゃ死んじゃうと思う。

毛ジラミくんが出没するのはシモの毛限定だそうだ。薬の説明書に書いてあったケド、子どもがよくなる頭ジラミは別物のシラミらしいよ。シモのはシモ限定で頭には行かないってさ。

もし、毛ジラミくんが自分のお毛毛を住み家にしちゃってたら、薬局に行って「スミスリンシャンプーください」って言おう。

十日くらいで毛ジラミくんは全滅しちゃうでしょう。


えーと、あたしが言えるコトではナイというか「何言ってんのあんた」って自分でツッコミたいとこだけど、不特定多数の人とのエッチはリスクが大きいので、やめといたほうが無難デス。

そして、ちょっとでも変なら、恥ずかしがらずに病院に行きましょう。病院では人のアソコをいっぱい見てるから、あなた一人のアソコくらい、なんとも思っていないので……。

診察を受けたらエッチ禁止です。

「ばらまいてやるー!!」ってこと絶対しないで。ほんと、お願いだからさぁ……。

めぐりめぐって、また自分にかえってくるんだよ。

いろいろなお客サン①

人間の慣れってすごいと思う。何日か前は絶対イヤだって思ってたことが、実際にやってみてその晩はやだやだって眠れないまま朝を迎えて、翌日もやだやだってして、一週間もすれば「ふーん」って感じになって、その後一年たてば日常になってる。これって自分だけかもしれないけど、お仕事するためにはこの能力（？）はありがたいなぁと思う。

そんなこんなでお仕事を始めて数年たつけど、今でも毎日ドキドキしてるんだよね。

世の中いろんな人がいるもんで、人間観察が趣味の自分としては、けっこー面白いんだコレが。もちろん体調が悪かったりブルーな気持ちのときはそんな気になれないけどさ。

ココには本当いろんな奴がくる。お堅い仕事の父さんたち。自営業。肉体労働系の人。自称パチプロのにーちゃん。内気で弱気なオタク系。ありとあらゆる職種の人に出会えるわけです。

まぁ嘘だらけの世界だから、どれが本当かはおいといて、その場の架空のお話を信じたいなぁーと思う。知らない人同士だから話せることもあるだろうしな。

ココの仕事は本当に奥が深いです。出して終わりじゃないから疲れる。

だからあたしはバカな女になろうと思うんだ(もともとバカだけど)。ただニコニコしてればなんとかなるかなーって。そんなバカ女にあたしはなりたい。

いろいろなお客サン②

いつだったかもう忘れたけど、「自称ストリートミュージシャン」のお客サンから自作のカセットテープをいただいたコトがあった。

そのお客サン、年齢は五十代くらいのフツーのオッサンなんだけど、好きなことをたくさんして生きてるから、目の輝きがオッサンにしてはすばらしかったナァ。

問題のそのカセットテープの中身だが、素人の録音なので音は決してよくないが、昔のフォークソングのようでなかなかのモノであった。

その中のヒトツ、そう！　これを聞きたくてオッサンにテープをくれとあたしが言ったんだ。今、思い出したよ。

題名は『ソープランド』そのまんまじゃん！　ってな感じなんだけど、これが働くあたし（たち?）にちょっぴりの希望を与えてくれるんですよ（涙……）。

そのオッサンが歌にしてしまうほど大好きなソープランド。そこで働くあたしたち。オッサンをガッカリさせて帰らせるようなことがあってはならないよなぁ……。

ほんのちょっとの優しさで人って癒されるんだよな。それだけ世の中は優しくないんだろうか?

その年のクリスマス。娘とふたりで街のイルミネーションを見ながらブラブラ歩いてたらギターを抱えて座っているオッサンに偶然会った。

「オッ!! ねーちゃんの子どもか? かわいいな!」

オッサンがぴかぴか光る目を大きくして言った。

それからオッサンを見かけたことはない。

まだ、歌をうたっているといいなと思う。

ちなみに、オッサンにもらったテープは家のどこかか? 車か? 引っ越しやらなにやらのおかげで行方不明である。

いろいろなお客サン③

ある日、「?」なお客サンについた。

見た目フツーな三十代独身男の休日ってとこだろうか。ピンクのシャツに白いズボン。うーん、まぁフツーでしょー。

しかし！　服を脱がれて目がテン。ピンクのブラとパンツ（おそろいプリティ）、ガードルにストッキングというフル装備。女のあたしよりしっかり者ねぇ（きゅうくつなのはイヤなあたし）。

ぺったんこのおっぱいとブラの間は、なんと！　お手製のニセパイ！

ストッキングの中に何やら（なんだかわからん）つめて作ったらしい。

うーん、感心するぅ。

「どこで買うの～?」

と聞いたら、

「通販で」

だそうだ。

やっぱり店へは行く勇気ないらしい。

そしてその後もちょっぴり（?）驚きの連続なのでした。まず、お毛毛がないのですよ。きれいにツルリンコ。

「水泳でもしてるの?」

「彼女にね、剃られたんだよー。看護師だから。きれいでしょー」

たしかに……。

お尻のほうまでツルリンコ。剃り残しなし。完ペキです。ぱちぱち。

毛ジラミの心配なくて、あたし的には好きです。

彼の話はその後も度肝をぬく勢い止まらず。

彼女とのプレイは実にマニアック!　看護師という特技を生かし、尿道カテーテルを入れてみたり、お浣腸アナルプレイ。

うーん、彼女Sかなあ……と思ったらやはり!　の一言。

「彼女ね、ナカに入れさせてくれないのぉー」

あぁ女王様ステキ。かっこいい。きゃ〜〜。

彼よりもこの人の彼女にすごく興味をそそられてしまいました。

プレイ中の彼の要求は言葉責めでした。

あぁ、調教されてます、この人！

帰りは黒のヒールをはいて女らしくお帰りになりましたよ。

あぁ楽しかった!!


余談。この後、彼は三度ほど指名で来てくれましたが、最後に彼女から逃げるために東京へ行くと言っていました。

疲れちゃったのかしらん、調教されるのに。

その後の彼の無事を祈るばかりです。

いろいろなお客サン④

キョーレッツに印象に残っているお客サンがいる。どこにでもいるような優しそうな顔をした、あたしと同い年のおにーちゃんだ。

ただ、他のお客サンへの接客とは少しちがった。会話が口ではなかった。そう、このお客サンは耳が不自由であったのだ。

はじめボーイさんに、紙とペンを渡された。

「耳が不自由なお客様だから筆談でお願いします」

あたしは少し不安になった。そういう人と接するのは生まれて初めてのことだったから……。

「いらっしゃいませ」

ニッコリ笑ったつもりが、緊張してたぶん引きつってしまっていたかもしれない。無言で部屋まで案内した。

部屋に着くなり筆談を開始した。すると、口を見るとだいたいの話はわかるし、ジェスチャーである程度わかるとのことだった。

このお客サン、ずっとニコニコしてるので、あたしの不安もどんどんなくなっていった。

風俗は初めてだというので、プレイ内容を紙に書いて、大まかな流れを説明した。

それに対する答えは「ワクワク！　楽しみ！　うれしい！」、体全体、いや心がすべてを表していた。

プレイ中は紙とペンは使えない。言葉を口を大きく開けて発音する。ジェスチャーで伝える。それより大切な心で伝える。あたしはそのお客サンのことだけに集中した。

五感のヒトツが失われたこの人は心が敏感だ。

一瞬〝ふぅ〜疲れた……〟と思ってしまったあたしに向かって、彼は「ごめんね」と口パクで言ったのだった。

全部伝わってしまう。嘘はつけない。心の奥まで見透かされてしまう。

よけいなごまかし、飾り、見栄、そんなものなんの役にも立たない。〝ピュア〟って言葉、この人のためにあるのかもしれない。

時間が少し余ったので、またもや筆談で盛り上がることにした。今度は書くより早いケータイの画面をお互いに見せ合って話した。

何も変わらない。フツーの男の子だ。映画も見るし（字幕のもの。とくに洋画が好きと言った）、テレビも今は文字放送があるからふつうに見られると言う。街も歩くし、パチンコもするし、こういう店にも来るし（ちょっと顔を赤くして「スケベなの」と言った）。全然かわいそうじゃないよ、と言いたかったのだろう。

本当だ。ごめん。あたしも少し偏見あったかもしれない。不安になったりしてごめん。

あたしはこの仕事をしていなければ、一生、耳の不自由な人と会話することもなく、ただ「かわいそうに」と思っていただろう。

そうではないのだ。フツーにフツーの生活をしてフツーに対応すればいいのだ。心をピュアにして……それだけの簡単なことだったのだ。

彼は帰り際、とびっきりの笑顔で「ありがとう」と言った。

あたしもとびっきりの笑顔で「ありがとう」と言った。営業スマイルではなく心の笑顔で……。

このお客サンは先天的であったが、後天的、つまりケガや病気でからだの一部を失った人もいる。

そうしたお客サンは「ごめんね。イヤじゃない？」って、とっても申し訳なさそうな顔をする。そのたびにあたしは「そんなこと言わなくてヨシ！」と言う。

突然それまであったものを失った本人がいちばん苦労しただろう。

ココ、フロ屋に来たら、みんなシンプルなスケベ男になればいいのだ。部屋の中には二人だけ。何も気にせずハジケましょう。

今のあたしはこんなふうに思えるようになった。すべてはあの耳の不自由なおにーちゃんのおかげだ。

そして、あたしは、いつになるかわからんが、おにーちゃんと約束した手話を覚えたいと思う。あのおにーちゃんに会うことは二度とないだろうとは思うけど……。

安全なお店

「こういうお店がないと犯罪とか、今よりもたくさん増えるよねぇ。やっぱりナイと困るんだよねぇ」

その日のお客サンはそう言った。

確かにそうだよなぁ。若者に限らずオッサン達も強姦とか、児童買春とか、不倫で家族バラバラとかなっちゃったりしてなぁ。

昔のエライ人（将軍とか？　武士とか？）だってさ、遊女っていういわゆるソープ嬢みたいなのとヤッてたわけじゃん。しかも当時は医学だって発達してなかっただろうから、性病なりまくりだろーし。

そんなんだったクセに、今の時代はやたらおまわりサンがウロウロしてるよねぇ。ちゃんとした店が少ないんだよ。

女の子はみんな「ココは安全に違いない」と思いながら働いてる。そしてある日突然、プレイ中に私服のおまわりサンが入ってきて「えっ？　何？」ってなるんだよ。勘弁してほしーモノです。

警察が認めてるちゃんとした店を表明してほしいものだよ。そしたら女の子は安心して働けるのにねぇ。

タマちゃんと体脂肪の関係

客と体脂肪の話をしていて、あたし、ふと考えた。

キミのそのタマちゃんは脂肪なの？　サオの部分は筋肉（そうなのか？）だとしても、タマちゃんはいったい……？

体を図に書いて、「ココとココが脂肪で、ココとココが筋肉なんですよ。だから体脂肪は△パーセントなわけです」って正確に教えてくれる人いないもんかなぁ。

そもそも誰がはじめに体脂肪なんて言い出したんだろう？

誰かタマちゃんの謎について教えてください。夜も眠れないくらい悩んでマス（嘘です）。

講習

風俗店入店の際、必ずあるのが上の人による「講習」だ。たいてい店長とか社長とか、たまには在籍の長いおねえさんとかが行う。この講習で勤める女の子にとってのよい店、悪い店がわかるような気がする（あくまでもあたしの基準ね）。

まず、あたしの風俗デビューのときの講習のお話。じつはあたしの初風俗はデリヘル（デリバリーヘルス、出張ヘルスというヤツ）。

風俗店の仕組みがなーんにもわかってなかったあたし。ＴＥＬで連絡の後、面接のために指定のマンションの一室へ向かった。

たれ目のオッサンに入るように言われ、奥の部屋へと案内された。そこには、女の子が一人、寝ている赤ちゃんといっしょにいた。女の子はどこを見てるのかわからない目で、あたしが来たことに関心すらもたないように、ただボーっとしているだけだった。

電話の音がけたたましく鳴り、オッサンは子機を持ってウロウロしながら対応している。どうやら客からの電話らしい。電話を切ると同時にオッサンは、ぼーっとしてる女の子に大きなバッグを渡し、オプションのバイブやらセーラー服を女の子の手に持たせた。そしてホテルの名前と部屋番号をメモった紙を渡して「行ってらっしゃい頑張って」と、にこやかに彼女を送り出したのである。もちろん赤ちゃんは置き去り。

この流れを見ていたあたしの心の中には、かなりの不安がおしよせていた。一番の疑問。あんなでっかいバイブはいんのか？　ジュースの缶くらいの太さだってば。そしてあの大きなバッグの中身は何だよ？　やばいものかよ？

そんなコトを考えてるうちに次々と女の子(？)がやってきていたようだ。フツーのギャルっぽい子。子ども（二歳くらい？）連れのオバサン（？）。そしてかなり年くったかあちゃんくらいのオバサン。

みんなそれぞれにくつろいで、さっき置き去りにされた赤ちゃんの面倒を勝手にみていたりしている。

あとから知ったんだけど、これが「託児所あり」の現状らしい。

あの女の子は今、赤ちゃんのこと心配でしかたないんじゃないかなぁ。それとも無関心なのか？　いったい何を思って、何を考え、どんな気持ちなのだろう？　その頃のあたしにはまだ理解不可能な状態だった。

そして、ついに「講習」とやらをあたしはやらないと入店できないらしいコトをオッサンに言われ、オッサンに言われるがままに「講習」のため、近くのホテルへと連れていかれたのである。

ホテルに着くやいなや、オッサンはでっかいバッグの中身をテーブルに並べ、説明してくれた（じつはよく覚えていないのだが……）。では、実践してみましょう、というコトになり、その流れでうまいことオッサンの口のうまさに抵抗もせずに、まんまとヤラれてしまったよ、おい!!

まぁそういうモンなんだろうか……。

風俗のお仕事というものは自分の意志、意識と無関係にコトが進んでゆくのであろう。自分は自分でありながらも、他人であるということに、そのときあたしは気づけずにオッサンの講習のあと、たったひとりのお客さんに会い、オッサンと同じことをされて、その店を去った。

あたし、死んじゃえよって思ってた。ユキチが四人、あたしのカサカサの手ににぎられてた。

もう二度とそのような店へ足を運ぶコトはないとは思ったけど、離婚の二、三カ月前だっただろうか、事務の仕事を辞めたあたしは、焦っていた。そのころはいろいろな消費者金融からダンナが借金していたもんだから、金も欲しかった。

子どもを抱えての時間限定の仕事、で、高給――。

あたしは「日給大三枚確実!」の見出し広告の電話番号を押していた。そこが「ヘルスのお店」だった。

ヘルスとは、お店の中には仕切られた部屋がいくつかあり、シャワー付きで、女の子が手や口で奉仕するトコロである(本番行為は禁止)。

ここでもやはり同様に店のいちばんエライ人「社長」による講習があった。内容は前回のデリヘルとまったく同様ヤラれておしまい。

あのぉ本番行為禁止じゃないんですかねぇ? なーんの講習にもなってない気がするよ。

そういや、話がちょっとそれるけど、このとき初めて背中をキャンバスにカラフルな絵が描かれていらっしゃる方をナマで見た。思わず触るのを躊躇しちまったわい。カエルみたいで気持ちワルイ！　もう、慣れたケドさ。

そんなコトもあって、この店にはかなーりの不信感があったんだけど、一年くらいいたかなぁ。いろいろあったヨ。この話はまたあとから……。

そしてその後ヘルスを辞め、現在のソープへ来たんだ。やっぱり初ソープなのでお約束の講習があった。

ソープはひとりの客の時間が長い。七十分だ。本番行為があるのだから当然なのだろう。しかし、講習はなんと二十〜三十分くらいで終わった。マットのあれこれを教えてもらい、当然入れるんだろうと思ってたら、「いいよ、しなくて……」との言葉。さんざん教えてもらって、たしか一万円もらった。ラッキー。なんていいお店なんでしょう。

面接も女の人で親切だったし、履歴書と身分証明書必要だったし、面接してソッコー仕事じゃなかったし。〝身分確認〟というのが何より信用性がある感じである。ボーイさんも年輩のおじさんたちだし、安心感があったなぁ。

今、思うのは、このような宣伝、広告を出さなくとも、お客さんが入ってくるお店、いわゆる老舗の店というのが、優良なのではないかと思われる。

この「講習」ひとつでも店によってさまざまだ。
〝甘い言葉にご用心〟だ。

笑顔

仕事してると顔が痛くなる。ずーっとずーっと笑ったままだから。

「怒ったことないんでしょぉ？」って客によく言われるけど、そんな人間いるわけないじゃんか。

あなたたちに不愉快な思いをさせないための営業スマイルだっつーの。

あぁ疲れんだよ。本当に。自然に出る笑顔じゃないから。

毎日がやだやだやだやだー。もうイヤだ。ばかな男どもだ。みんな消えてくれっ！

ミーティング

先日、約二年半ぶりのミーティングがあった。このミーティング、あるビルの一室（パーティールームみたいなデカイ部屋）を借りきってのオオゴトなのである。延々と社長のお話を聞くのがメイン。言ってることは今回は信頼と責任（だったかな?）について。

総勢約五十人が集まって、かなりスゴイ光景だ。

人ごみの嫌いなあたしには、少し辛い時間だった。だってさ、じつは喉にたんがからまって、咳払いもできなくて、喉の中でたんが泳いでバタフライを始めようとしてたんだもん。「ヤバイよ、もう限界ださ」って思ったとこで、グッドタイミングで客が来て、あたしは思う存分オッサンみたいな咳して、店へ向かったのでしたとさ。

そうそう、ミーティング。ちゃんとそういうのがあるってことは、とてもよいお店なんだよ。たぶんね。

その辺のこきたない小さなお店は、もうけるコトしか考えてないから、そんなことはしないハズ。

頑張ろう、あたしも（こう思えるのはやっぱりミーティング効果かも？）。

ヘルス

その日は突然やってきた。

狭い店内にこだまするたくさんの人の声とバタバタという大きな音。

接客中だったあたしの部屋の、青いペンキが雑に塗りたくられただけのドアが開いた。

「動くな!!　そのまま!!」

カメラのフラッシュで目がくらんだ。

全裸のあたしは驚いてベッドから転げ落ちそうになった。

「何?」

わけがわからなくて、言われるがままに服を着て車に乗せられた。そして警察署へ他の二名の女の子とともに連れて行かれたのである。

これがいわゆる警察の〝手入れ〟だ。私服のおまわりサン約十名で行われたのであった。

第二章　フロ屋のねえちゃん

なぜこの〝手入れ〟が行われるのか、「風俗営業区域外」と警察はあたしたちに言っていたが、本当はどうなんだろう？

いちばんエラそうな人が、どこの組（ヤクザ？）が経営してるのか、とか、さかんに聞いてきた。どのくらいの資金をそこで得ているのか調査したかったのかもしれない。もちろん、ただ働いてるだけのあたしたちには何もわからないのである。

ともかく丸一日事情聴取されて帰された。

あとから知ったのだが、そのとき、運悪く居合わせたお客サンたちも、あたしたちと同様事情聴取されたらしい。

そして、その店の仮の最高責任者（社長と呼ばれていた人物）がタイホとなり、何日か留置所で過ごしたあとに、いくらかの金を払って釈放となったのである。

その店はどうなったのか。しばらくのあいだ改装と銘打って休業したあと、店の看板だけ替えて再開業した。最高責任者も替えて……。

こうして警察とのイタチごっこはいつまでも繰り返されるのだ。

あたしはというと、その店の系列店でしばらく働き、またおまわりサンに事情聴取され、さすがにイヤになり、調書をワープロで作成しているおまわりサンにたずねた。

「あのー、県内でつかまらない店はどこなんでしょうか?」

おまわりサンは顔も上げずにこたえた。

「県内には四つしかない」

あたしはなおも店の名前を聞き出そうとしたが、教えてもらえなかった。

そして、古くから営業している店を探して勤めるようにし、現在に至るわけである。

しかし、ケーサツも教えてくれればいいのにさ。

心得よ

「結婚してください」

彼はあたしの目を見て、力強くそう言った。

しかし、彼は客だった。

なんだよソレ……がっかりぃ〜。

愛するダーリンだったら、ソッコー、

「ハイ、します、します。気が変わらんうちに役所へＧＯ！」

となるハズなのに、客だよ。

客ねぇ〜……ハァ〜、落ち込むよ。

そうなのだ。ときどきこんな困ったちゃんの客がいる。だいたい三十代半ばの人が多いかなぁ。そういう奴って、指名の二、三回めで、そういうコトを言い出すんだよねぇ。

どういうコト？　いったいなんであたしと結婚ってなるワケよ？　あたしの何が

いいんだ？　だいたい何も知らんじゃん。
あたしもあんたなんか知らないし……。
で、気を持たせるコトを言うのも悪いので、必殺〝バツイチ子持ち〟を持ち出す。
この必殺技があれば無敵だ。わっはっは!!……はぁ……。
そして指名をまたひとつ減らすあたしであった。
風俗嬢（あたしだけか？）は次のように思っていると心得よ。
1．客は恋愛の対象には絶対になりません。もちろん結婚なんてするもんか。
2．外で絶対会いません。会いたくねーし。
3．ケータイ番号教えてくれてもかけません。メールなんか送んない。めんどくせーし。

ひきこもり体質

女の集団が苦手だ。というよりこわい。

小学生くらいのころから、たくさんの女の子と行動をともにするのは苦手だった。ずーっとそうだ。だから必然的に友だちは少ない。本当に数えるくらいだ。

だから、この業界に入ったばかりのころは、かなり緊張した。風俗デビューが遅かったから年下の女の子ばっかりだったし、遠まわしにイジメられるんじゃないかとドキドキしてた。

だけど心配はいらなかったみたいだ。この業界、けっこうサバサバした女の子が多い。ヘルス時代は、こんなあたしでも慕ってくれる若い女の子のおかげで、とりあえず楽しく仕事ができた。

ソープに移ってからは、じつは誰とも話したことがない。人数が多すぎるのもあるけど、老舗であることもあって勤続年数の長い人が多くて、なんだか格が違うって感じがするんだよね。ハデな人も多いしさ。なんだかこわい。

ヘルスと違って、一本あたりの単価が高い分、客をとったとられたのもめごとがありそうだし……。

ってていうワケで、個室待機でもう三年たち、気づくとひとりぼっち。でも、これがあたしには長続きの秘訣だ。

客に気を遣いすぎて疲れてるのに、そんな人間関係でさらに疲れてらんないし。さみしいけど、誰かと友だちになれるかもしれないけど、イジメられたり、悪口言われたりしてダメージ受けたくないし。いつもそうなんだよね。娘の学校のお母さんたちともそんな感じだ。

このひきこもり体質、いつか治さなきゃねぇ。だけど仕事続けてるうちは治らないや、たぶん。

「プロ」ってなに？

あたしはプロじゃない。金をもらっているのだからプロにならなきゃいけないのに、プロになりきれない。マットが何分間、ベッドが何分間、着替えに何分とっておいて、残りはトークで……こんなの考えただけでめんどうで、その通りにうまくいくわけがない。だって、相手は人間だよ。そして、あたしも心を持った人間だよ。臨機応変に、って言ったら聞こえがいいけど、あたしの場合〝行き当たりばったり〟ってほうがぴったりだ。

だからいつも時間オーバー、お客サンは喜ぶだろうけど、そのぶん次の客を待たせてしまうので、絶対よくないんだよなぁ。

マットプレイもかなり下手だ。うまくバランスがとれなくて、何度もマットから落ちて青アザがいつもたえない。

新人のころ、常連のお客サンが見るに見かねて、時間をダブルにしてくれ、マットを教えてくれたことがあった。それでも上達しないので、そのお客サンはあたしに教えても無駄と気づき、さっさと別の娘へ移っていってしまった。なんてこったい……。

そして、あたしは嘘がつけない。

ときどき、すごくひとりで盛り上がって、「ああ、さくらちゃん、愛してるよ、好きだよ」と口走る人がいる。

そんなときは、ちょっとひいてしまうんだよなぁ。

さらにはそれがエスカレートして、「○○さん好きって言ってごらん」なんて言われたって、口が裂けても言葉が出ないから黙るしかない。

〝喜ばせるセリフをちっとは言えよ、あたし!〟と心の中でつぶやいてるよ。

完全歩合給のこの仕事にとって、嘘も方便は、大切なことだ。どうも要領が悪すぎる。

だけどなぁ、好きな人にしか好きって言いたくないしさぁ……。フクザツな乙女心だよね(乙女じゃないか、もう?)。

自分へのごほうび？

「今日はお休みなんですか？」

あたしのなかで接客の基本会話がコレである。服装を見てコレが使えるか使えないか瞬時に判断する。

この答えから続く会話で、特に最近多いナァと思うのが、

「月に一度の自分へのごほうびでね」

の言葉である。

〝自分へのごほうび〟――あたしの場合はなんだろう？　化粧品のバカ買い。もしくはマッサージに行く。服を買う。外食してみる。そんなとこだろう。子持ちバツイチ女のごほうびなんてさ。

男はどうやら、風俗店↓いちばん最高のとこへ行こう↓ソープ、となるらしい。超ゼイタク!!　自分へのごほうび。けど、ふだん頑張って働いてるんだからいいじゃんってコトらしいよ。特におとーさんたち。

そんなお客サンは、やることなすことすべてに「おぉ～～～」と感激してくれちゃうので、とっても仕事がやりやすくて楽しい。もう、大歓迎ですヨ。

そのとき、このフロ場は、さしずめテーマパークなのでしょう。ワクワクドキドキしながら、ひとつひとつのプレイが楽しくてしかたない!!

あたしはパーク内をウロつく着ぐるみか？　いや、そこで働くみんなを盛り上げるおねえさんだろう。七十分間そこのテーマパークの住人としてお客サンを楽しませなければ!!　との使命感に燃えるワケだが……燃えつきちゃって廃人のようになってしまう。

うーん、現実離れしたテーマパークである。

だから今日も店へ行こう

朝、仕事へ向かうとき、毎日毎日やるせない気持ちというか、心が海の底に沈むようなそんな気がする。

いつまでこの生活が続くのだろう。辞めるのは簡単だ。なんなら今日にでも辞めてしまうコトはできる。

しかし、その後どうやって収入を得て、娘と二人暮らしていけばいいのかわからない。誰も助けてはくれないのだ。

自分ひとりなら少ない給料のバイトでもいい。ゴハン食べなくてもいいし、極限までの節約生活も可能だ。だけど子どもは親を選んで生まれてきたわけじゃない。

欲しいゲームもあるし、新しい筆箱だって欲しいし、おいしいものも食べたい。

自分がかつて思ってきたように、他の子と同じレベルくらいの生活はしたいのだ。

あたしも親だ。自分の子どもはめちゃくちゃかわいいし、愛している。母親だけだからって、かわいそうな思いはさせたくない。

この不景気で、中卒の母子家庭の母親をわざわざ雇って高い給料を払う会社はないに等しいだろう。

毎日、見知らぬ男と会話をし、服を脱ぎ、会ったばかりでSEXする。だんだん体も心もマヒして、あたしはおかしくなっているんじゃないかと、ハサミで自分の指を切ってみた。やっぱり血は出るし、痛かった。

生きてるよ。やっぱり。どこもおかしくないよ。

どんな仕事でも頑張れば収入につながる。あたしがクタクタになって、それが収入になるのなら、とりあえずやってみようと思う。

らくな仕事なんてないよね。

いつかきっとイイことあるにちがいない。みんなそうやって生きてるんだ。

だから今日も店へ行こう。

そして、誰かのほんのわずかな優しさを感じたなら、それを十倍にして返してやろうじゃん。

スベテヲヒトノセイニハシタクナイヨ。

人生相談ｉｎフロ屋

かなーり久々に現れた客。うーん、半年ぶり？　いや一年か……。当時、離婚の問題をアレコレ話し合った客だ。週一のペースで訪れては、この客の離婚について、あーでもないこーでもないと、プレイそっちのけで話をしていた。

その後ぱったりと姿を見せなくなったので、よい方向へ話がいったのだなぁと、少しさみしいけど、そのお客サンの幸せを喜んであげようじゃんと思っていたのだ。

しかし、また悩みを抱えてやってきた。まえより悩みはふくらんで、成長して、心にズドーンとのっかってた（オイ、大丈夫かよ……重いよなぁ、大丈夫じゃないよね）。

離婚をのりこえ、彼女ができて、一時期は幸せを感じたにちがいないのに、彼はまた大きな問題にぶつかってしまったらしい。自分の本当の子ども……つまり別れた元妻に引き取られた子どもと同じようには現在の彼女の子どもを愛せないことに気づいたらしい。

それはあたしにもできないだろう。血を分けた子どもなら、シモの世話も汚くないし、食べ残しも平気で食べるが、ヨソの子どもとなると同じコトをする自信はない。

親どうしが理由はどうあれ離婚をして、仲が悪いとしても、親子という関係はずっと親子なのだ。それは誰にも変えられない。

うちの場合も同じだ。だから、あたしと元ダンナは、娘のファンクラブのともに会長（いや、親衛隊の隊長？）として、娘が成人するまでお互いに見守るのだ。

このお客サンは人間的にもとてもよい人だ。よい人で優しすぎるために悩みがよけい増えてしまう。女にとって都合のいい人になってしまう。この人の幸せの波が、もう少し強くうちよせてくれるようにと、あたしは願ってしまう。

この人を見て思った。

フロ屋のねえちゃんにフラリと会いにきてしまうときって、心がスカスカで、一瞬でもいいからそれをうめたいってときなんだろうなぁ、と。

心もからだも幸せに包まれている人は、自然とこの風俗街から足が遠のくのであろう。みんながそうでは商売になんねぇけど！

未知の世界

〝スカトロ〟って言葉、知ってますか？　あたしがはじめて知ったのは十八歳のとき。ゲーセンでバイトしていたころ、バイト仲間のある男の子の話を聞いたんだよね。

その男の子（年齢は二つか三つ上だった）が着替えるたび、背中に赤いミミズ腫れが新しく増えてた（ジーッと見てるあたしもどうかと思うけど）。どうもムチみたいのでたたかれたような……で、ＳＭ好きなのではないか（あきらかにＭだよな）と、ウワサしてたわけだ。

その話の途中で店長が「スカトロも好きっぽい気がするー」なんて言い出して、みんながうなずくなか「質問!!　スカトロってなんですか？」とピチピチギャルだったあたしが立ち上がったのである。

そこで聞いた話は、往復ビンタを打たれたようなショーゲキであった。

スカトロとは体内から排出した汚物（うんちやおしっこ）をこよなく愛すること

らしい。食べたり、飲んだり、塗りたくったり……うーん、理解できんわー。

じゃあ、なぜこんなこと書いてんのかっつーと、少しの期間やったバイトがコレだったのだ。

そのバイトとの出合いは女性向けのエロ本だった。たしかそのときの特集が「男をよろこばせるテク」だったもんで、勉強熱心なアタクシはその本を買ったのである（ただのエロ心じゃん）。

ぱらぱらめくって、モロHな写真を眺めつつ、ふと広告ページを見てたら「アルバイトモデルさん募集・自宅でできます」っていう小さい囲みの中の文字を見つけた。ん？　モデル？　金になる……しかも自分ちで!!　はっと気づくと電話してたさ。なんと素早い行動じゃ。自分をほめてあげたいっす。

数日後、内容が書かれた紙とビデオカメラ一式、見本のビデオ、Hな道具が送られてきた。

あたし、風俗嬢のくせにHな道具を実際にじっくり見るのが初めてで、ヒトツヒトツに「うっわ〜〜」って驚きながら、舐めるように見てしまった。

バイブにもたくさんの種類があるもんだ。いっちばんビビったのは、なんていうのかなぁ？　名前知らないんだけど、病院で使うマ○コ開くヤツ。内視鏡だっけ？　それのプラスチックバージョン。コレは、じつは一度だけ使ったコトがあった。客が持ってきたんで「いいよー」って使ったら、めちゃくちゃ腹が痛くなったんだった。その痛みと気持ち悪さを思い出してビビったわけだ。

どうも一部のマニアの方は、マン○の奥がどうなってるのか、すごく気になるらしい。女のあたしからしてみれば、ただの臓器にすぎないし、病院でしかそんなとこ見られたくない。知識のないヤツがそんな内部に触れたら、子宮にバイキンとか入って、ダメになっちゃったら困るよ。

つーワケで、この道具はあたしは箱の一番奥に戻した。

他の道具も全部戻してフタを閉めてしまった。どうもオモチャの類はダメだ。異物を体内に入れるのは気持ち悪くてダメなんだわ。やっぱし生身のニンゲンで勝負しないと！　って勝手に結論を出したとこで話を戻しますです。

「撮影内容」と書かれた紙によると「おしっこ、うんち、ゲロは商品です」とある。商品なのでトイレではしてはいけないらしい。じゃあ、どこですんのさ？　「新聞紙の上か床に直接する」――マジですか？

もうムリだわー。この潔癖性のあたしにはできない。

あきらめつつも「撮影内容」の紙を読んでみる。

「一人でできる仕事例」とあって「着衣のまま排泄」「うんこパック」「おしっこ飲み」「アナルでバナナ食べ（食えるワケねーだろ）」「おしっこ遠く飛ばし・真上飛ばし（不可能だし）」「アクロバットオナニー（なんだそりゃあ?）」「コンニャク五個アナル挿入（入るかってーの）」その他いろいろ書いてある。いかに自分がその趣味の人でないかがわかった。

しかし、気持ち悪いを通りこして笑えるのがいくつかあった。「おならで紙ふぶきをけ散らす」「おしっこ字書き」ってどうよ? なんだかなぁって気がするよ。

うーん、どうも体に悪そうなことばかりだ。○ンコにゲロ入れて大丈夫なんだろうか……。

で、とりあえず、このまま「できません」と返すのは惜しいので、やれる範囲でやってみた。

まず陰毛を切ってみた。

服を脱いでみた。

オナニーしてみた。

これをビデオに収め、ついでに陰毛を送りつけた。

一分五百円。しめて二万円を超えた。なんておいしいバイトだろう。

だけどやっぱりノーマルなあたしにはムリな仕事が多すぎた。

頑張ってもできない仕事ってあるのだなあと悟って、これからは「スカトロ」には近づかんでおこうと思った。

……じつは見本ビデオ（他のバイトさんが撮影した排泄シーン）を見て吐いてしまったのだった。

おカネの話

あたしの働いた風俗の言葉を広辞苑で調べてみた（ヒマ人？）。「ヘルス」は「健康」なんじゃそりゃ？　ちなみに「ヘルスセンター」が「休息・娯楽施設の集中した場所」。これじゃ老人の憩いの場みてぇだ。ソープランドは「女性が接待する個室式特殊浴場」だそうだ。

オイ！　その「接待」ってなんだよいったい？　そこがイチバン肝心なのにさ。しゃあない、あたしが教えてやろう（うわぁエラそうだね）。その「接待」とは……じつは女の子や店によってさまざまなので、こうでこうだとは言いきれんが、とりあえず、客の体を洗ってあげて、おフロにつからせ、そのあとマットでローションプレイ(ここで一発!)。そして体を流して、もう一度フロ入って、ベッドでもう一発っつーのが、とりあえずの流れではなかろうか？

ビデオ見てるとスゴイ技をつかってるらしいけど、実際やったら時間もナイし無理っぽい……とあたしは勝手に思ってマス。

第二章　フロ屋のねえちゃん

風俗街をテクテク歩いていると、あやしげな、いかにもって感じのお店がある。入り口に「入浴料五〇〇〇円」と書いてある。えっ？　五千円？　安いじゃん！　と思ったアナタ……アナタはフロ屋、祝！初来店⁇

その「五〇〇〇」という数字は、あくまで入浴料。フロに入るだけだ。

ずいぶん高いフロだよ。その辺のスーパー銭湯なら十分の一だってば……。

そうなのだ。たぶんソープランドって表向きはただのフロ屋。電話帳には個室浴場って書いてある。たしかにまちがってないけど、わかりづれぇよ！

そして、あたしたちはフロ屋に許可を得て自営をしているというコト。

……というワケで、お客サンからその場で二万円いただく。

しかし、二万円が丸ごと自分のものにはならないのだ。どんな仕事もそうでしょ？　場所代、光熱費、ボーイさん等の人件費、紹介代、クリーニング代なんかをお店に払うわけだよ。自営だから。

その額七千円。だからあたしの取り分は一万三千円。

風俗嬢の収入っていくらだと思ってますか？

たいていの人はゴージャスな生活をしてると思ってらっしゃるようだ。あたしもそう思ってた。高級マンションで、ちっこい犬飼って、すっげー外車とか乗って、毛皮のコート着て……みたいな。

今日のあたしと娘の夕ごはん。納豆＋ふりかけのごはんと、きのうの一人前のスキヤキの残った汁で煮たうどん……以上、終了。うちの娘の好きな外食メニューは牛丼。あたしの好きなのはとろろごはん。車は軽自動車。節約と健康のため消灯は夜九時。はぁ～なんか、悲しくなってきたぁ。

そうなのよー。たいしたコトない。

その辺のパートとかよりはだんぜんいいし、暮らすには困る額じゃないけど、億ションなんて買えないし、外車も買えないのだ。みんなまちがってるよー、よー、ょー。だけど、あたしは昼しか働いてないので、夜働いてる女の子の収入は知りません。あしからず。

収入がたいしたコトないのに（ＯＬよりはもらえるけど）経費がかかる。

さっきの、店への七千円のほかにも客一人につき千円の支払いがある。これはなんの代金なのでしょうか？　用心棒代？　ジュース代？　歯ブラシ代？　謎だよ。

あと、それから朝行くと、まずお茶代って五百円とられるの。あたしお茶なんか飲まないのにさぁ。

……というのをふまえて計算してみますか。お客さんが三人ついたとする。一万三千円×三人→三万九千円。三万九千円－(千円×三人だから)三千円→三万六千円。そして、ここからお茶代の五百円を引くと、その日の収入は三万五千五百円となる。

これは多い？　少ない？

その他の経費としては駐車場代、コンドーム代、消毒関係のもの（うがい薬、殺菌作用のボディソープ）、衣装代、衣装のクリーニング代など、けっこうバカにならないくらいかかる。

だからあたしはいつまでも大金持ちにはなれないのだ。

ついでだからヘルス時代のコトも書いとこうっと。

ヘルスの経費はたしかクリーニング代のみだった。車は路駐してたし、消毒関係のもんは店もちだったし、本番ナシだからコンドームはいらないし。

お客サンは一万円ポッキリ。わかりやすい！

あたしたちは帰りにまとめて精算だった。

たしか客が五人つかないと二万円にならなかったからお客一人で約四千円。安い、安すぎる……ハダカになって、それってアホらしい！　ピンハネされすぎじゃん？　よくわかんないけどさ、半分以上とられたら、それはたぶんよい店じゃないよね？　お客サンだって、女の子が頑張ってキモチよくしてくれるから店に来てお金払うんだもんね。たぶん……。

エッチな気分になるポイント

エッチな気分になるポイントは人それぞれちがうみたいだ。俗に言う「マニア」という種類。「マニア」までいかない「フェチ」と呼ばれる人もいる。

実際にこの目で見たいろんな人を紹介したいと思う。

其の壱　カメラオヤジ

カメラ小僧が成長してオヤジになった人たち。まじめなサラリーマンが多く、お金には困っていないのか、デジカメ、パソコン所有率が高い。

持ってくるのはデジカメが多い。

やたらと結合部を撮りたがる。ハメてる最中にカメラをかまえるので、萎えてしまってイカないことある。

しかし、放出が目的ではなく、マ○コとチン○の結合の画像をゲットするのが最大の目的なので満足してお帰りになってくれる。

其の弐　コスプレ好き

やっぱり……というかオタクな人が多い。眼鏡をかけ、大きなリュックを背負った小太りな人が多く、酸っぱいにおいがする。

リュックからどんどん出てくる衣装の数々。たいていがアダルトショップで買った生地のぺらぺらなナース服、セーラー服、チャイナ服など。

驚いたのは実在の高校のセーラー服を持ってきたツワモノがいた。ネットで買ったらしい。

そのセーラー服を着せてもらったらポケットに女子高生のプリクラが!! ホンモノの女子高生の制服だった。ちなみにその客(二十六歳、おカタイ職業)は、「この高校の女の子と制服着たままスルのが夢だったんだァ……」と言うなり、かなり乱暴に欲望を満たしておりました(レイプ願望?)。

二回戦めをハダカで挑戦したのだが、復活しないのでもう一度制服着たら、ソッコー立ちやがった。くそー、なんだか腹立つなぁ、もー。

其の参　エッチな下着好き

コスプレと同じようでかなりちがう。この種類の人は、マン○とパンツがセットでなければいけないと勝手に思っている(まれにストッキングがセットになる)。パンツに染み出る愛液が生きがい……らしい(穴あきはＮＧ)。当然、パンツ着用のまま合体するのが好き（横にちょっとズラしてバックから)。

其の肆　おしっこを味わいたい

そのまんまだ。

トイレ行ったあとで出ないときには申し訳ないなァと思っちゃう。

飲むスタイルはさまざまだ。紙コップにしたものを一気飲みするヤツ。口を開けてるからまたがれって言うヤツ（フレッシュなのか?)。

軽症の人は、ただ放尿が見たいと言う。

やっぱり男の人って女の尿はどこから出るのか見てみたいんだろうか?

しかし、人に見られながら尿をしぼり出すのはかなり難しい。キンチョーのあまりトイレに行きたい感覚のときでも出ないコトもある。かんべんしてくれよぉ。

其の伍　オモチャをためしたい

アタクシ的に大迷惑なのがこの人たち!!

〝マン○に入れんのはチ○コだけ〟をモットーにしてるあたしに異物を入れるだなんて百年早いわー、オッホッホ（たんに傷やバイキンが心配なだけだったりする）。

とりあえず五つの実際にあったコトを紹介してみた。

この他にも七十分足をなでるだけの人とか、歯の裏が好きな人とか、指をなめたい人とか、陰毛を持ち帰った人とか、もういろんな人がいるワケだ。

だからきっとね、自分はこんなんで興奮しちゃってオカシイんじゃないか？　なんて考えるこたぁないんだと思うよ。

だって、こーんなに世の中にはいろいろな人がいるんだから、エッチな気分になるポイントはみんなちがうんだよ。

そしてあたしも、男の人のかわいい役立たずな乳首をこよなく愛する人種である

（しかし、男の乳首はどう考えても不要な気がする）。

メスという動物

マ○コのキズ。乳首のキズ。ココロのキズ。キズの三点セット。

カラダのキズはココロのキズ。

家に帰ってお気に入りの石鹸でゴシゴシ洗う。思いっきり洗う。皮がむけるくらい洗う。

しみる……痛い……赤い……。

ずっと我慢してたけど、胸がつかえて子どもみたいに泣きじゃくってしまった。泡にまみれて泣いてしまった。痛いのに、痛いって言ってんのに、やめてくれない客がいる。思いっきり吸われて鬱血した乳首、クリトリス。痛いのに、優しくしてくれないから、切れた穴のはしっこ。

痛いよ……しみるよ……。

朝イチに病院へ行った。バイキンが入らないように塗り薬をもらう。

トイレで薬を塗りながら、また泣けた。みじめだ。客に優しさを求めても無駄である。

痛みに耐えるのだ。早く満足して帰っていただくように。

あたしはそのときあたしじゃない。メスという、ただそれだけの存在だ。

何をしても許されると思ってるのだろうか？　あたしもいちおう人間なのに。

それなら、あたし、両乳首をハサミで切りとってしまいたい。

アソコもつかえないように、クリトリスちょん切って、穴を針と糸で縫いつけてしまいたい。そしたら誰もあたしを必要としないの？

あたしはあたしなのに……。

第三章　娘とあたし

陣痛

はじまりは「うんこ出そう」だった。

早朝四時頃、腹のくだったような痛みと吐き気で最悪の目覚めだった。

とりあえず、わが家のボットン便所へ行ってみたものの何の収穫もナシ。

なんじゃコリャー……もしや、生まれんじゃねー？　予定日も一週間過ぎてることだしさ。

次の瞬間、あたしのとった行動は、洗濯、ゴミ出し、そうじのフルコースだったのである。

そして、すべてを終え、荷物をまとめ、当時夫であったヤツを起こしにかかった。

ヤツの一言。

「あー、そうなの？　オレ、仕事だから、もう少し寝るから……」

オイ！　寝るか？　フツー……まあ、いいや。どうせ免許もないしさ。役立たずめ。ひとりで行くよ。ああ、ひとりで行くともよ！

でも少しだけ心配だから、兄貴んちまでは自分で運転して、そこから実家まで（約一時間）兄貴に運転してもらおうっと。

時間がたつほどに、あたしのお腹は自分のお腹ではない感覚になっていった。

実家に着いた頃にも、まだ「これから出産！」って感じではなくて、母の「とりあえず、ご飯食べなさい」の声に素直に従った。

その間にも死にそうなくらい痛くなっては、はっと元に戻って全然痛くなーいってのを何度も繰り返した。

あぁ、コレかぁ……コレが陣痛なんだなぁ……。

でも、このはっと元に戻る瞬間がおかしくておかしくて、ひとりで笑いころげていた。

そばで学校の支度をしていた弟も、不思議そうに、「痛いなんてウソじゃねーの？」って言った。

本当に嘘みたいなんだよ。コメディアンになった気分だ。

そんなことを考えながら桃を食べ終え、やっとメロンが食えるゾー！ってときに本格的な痛みがやってきた。今度は「はっと元に戻る」までが長いよなぁ……。

それまでは「生まれるまでは、そんなもんじゃない、もっともっと痛くなるんだから」なんて鼻で笑ってた母だったが、なかりヤバイと思ったのかピタッと動きを止めて、苦しむあたしを観察しはじめた。

ああ、メロン食いたい……。

そのとき、神の声が……、

「おい！　そんなコトしてないで早く病院行け！」

まだ布団にいた父の声だった。

そして母、兄（運転手）につきそわれ、やっと病院へ向かったのである。

メロンまだ食ってないっつーの!!

病院に着いて、まだ診察開始まで十分くらいあったから、とりあえず座って待つことに勝手に決め、すでに「はっと戻る」ことのなくなった腹を抱えて痛みと闘っていた。

あとから待合室に入ってきた母が、あたしを見て、

「あんた、バカじゃないの？」

と暴言をはきやがった。

（なんだとぉ、どこがバカじゃ？　あんたの娘だ）と心の中で思っただけで、悲しいコトに声が出なかった。

母は何やら看護師さんに話してくれて、あたしはワケがわからんうちに分娩室に向かわせられていた。

しかし！　三階まで階段かよ？　陣痛だってのに歩かせんだよ、この病院。おかしいわー。

まあ、でも、母の言う「もっともっと痛くなる」の痛さはかなりなのだろう。このくらいの痛みはまだへっちゃらだから歩けってコトかぁ……。

そしてやっとこたどりつき、股を開いて内診されると、

「あらー!?　もうすぐ全開じゃないの？　よくもこんなに我慢したねー」

と言われマシタ。

ハイ？　もっともっと痛くなるんじゃないの？

そして手術着に急いで着替えるように言われ、スッポンポンの上にペラペラの手術着を着て、脱いだ服を丁寧にたたんでいたら、忙しそうな看護師さんに、「何やってんの、早くここにのぼってね！」と、めんどくさそうに怒られた。

えー？　そんなにヤバイの？　あたしは……。
そして、あわただしく出産が始まったのであった。
あー、メロン食いたかったよぉ。

出産

「へその緒の出る瞬間、体内からズルズルと何かが（へその緒だけどな）ひっぱられるあの快感は忘れられない。あの気持ちよさ!!　エッチするよりもうんこするよりも数倍の快感があったよ、あたしは！」

はい、コレはあたしの出産エピソードではかかせない重要なポイントだ。赤線引いておくように！

しかし、周囲の出産経験者にこの話をしても、みーんなフシギな顔をする。なぜだ？　痛みでそれどころではないらしい。

もしや貴重な体験なのか？　それとも、あたしが痛みにニブイのだろうか？

あたしだって、たしかに痛かったんだよ。痛みでジタバタして酸素マスクがふっとんでいったのを覚えてるもん。

「イヤー！　いった〜〜い!!　もうイヤだーー!!　もうイヤー！」

と叫びまくり、看護師さんや助産師さんは鼓膜が破れそうになりながらも、あたしをなだめてすかして、きっと心の中はキレる寸前って状態だったろう。

極めつけが会陰切開（アソコを赤ちゃんが通りやすいように切る）。「パチッ！」と、しっかり音が聞こえたんだよねー。ええ、聞きましたよ、この耳で！　しっかりとね。

その瞬間「イターイ！　イヤー！」は「ギャーーァァ!!」という絶叫に。

ところが赤ん坊の頭が出たと同時に痛みが快感に変わったのである。

で、その出産エピソードが誕生したワケだ（しかし、会陰切開など、誰に聞いても覚えていないと言いやがる。ナゼだ？）。

大まかな流れはこうだ。①痛み↓②快感↓③われに返ってモーレツな痛み↓④フラフラ↓⑤乳の痛み。
③の痛みは、快感に酔いしれてるとこにガツンと一発かましたれってコトなんでしょうか？　そうなのか？　神様よ……ホトケさんよ。
最後の傷口を縫うときの痛さったら、あんた……「ガバガバでかまいせんから、もう終わりにしてください」と心の中でつぶやいてましたよ。

その痛みにも耐えて、やっとのこと十カ月をともに過ごした愛しの赤ちゃんとのご対面（痛い思いをしてる間に看護師さんが洗って産着を着せていた）。

あたしの第一声は、

「あーーー」

病院スタッフは感激の「あーーー」だと思ったにちがいない。

でも、その後に続くあたしの言葉は、「なんじゃこりゃあ？」だったのだ。さすがに口には出さなかったケド。

紫色で髪がなくて、泣いててぐしゃぐしゃで顔のパーツ判別不能。宇宙人を産んだらしいよ、あたしは。テレビ局が取材にくるかもナァ……。

「ハイ、こちらがこの宇宙人の赤ちゃんを産んだお母さんでーす……感想をヒトコトお願いします」

何て答えりゃいいんだ？　うーん困ったぁ……。

本気で考えている間に分娩室はいったん静かになったのだった。

病院に着いてから、ここまでにかかった時間はわずか三十分たらず。夢のような、内容の濃すぎる出来事であった。

痛くてもいいから、もう一回あの快感を味わいたいもんだ（ある意味ＳＭか？）。

かーちゃんになったあたし

「大変なことをしてしまった」

夏から秋へと季節が移ろうとしてたある日のコトだ。娘を出産した瞬間にそう思ってしまった。

フッー「まぁなんてかわいい！　わたしの元へ来てくれてありがとう」とか思うんだろうなぁ……。でも、あの紫色で顔がくちゃくちゃの宇宙人みたいなモン、全然かわいいとは思えなかった。

あたしは出産後ひとり分娩室に残された時間、「どうしよう……」って涙が出てしかたなかったよ。ダンナさんがそばについててくれる人がうらやましかった……。

不安だらけだった。育児の不安、生活の不安。自分のなかのドロドロしたものがダムで堰き止められなくなる不安をいっぱい感じた。

そんなあたしも、自分の腹ん中から出てきたモンに興味がすごくあったらしく、出産後、病室に移されてすぐ、ガラスごしの娘と対面した。

「そんなソッコー動いたら子宮がブラブラするよー」って看護師サンに言われたのもおかまいなしに、何度も見に行った。

「頭がでかいなー」「落ち着きねえなぁー」なーんて思ってた（うちの娘はガラスの中にいる間ずーっと手をグーパーしてたんだよ。変でしょ？）。

その晩は一睡もできんかった。かなり興奮してたのかもしれない。

母心がめばえたのは出産後四日め。

自分の元に我が美しき（？）娘がきて、乳を与えたときだけど、あたしは娘に乳を与えられなかった。かんぼつだったのだ。はじめて知ったさ。んで、注射器みたいなの（搾乳機ってやつ）でしゅこしゅこして、乳を与えた。

それもだんだんヤツに吸われていくうちに、フツーの乳首になりましたとさ。あーよかった（娘があたしを大人の女にしてくたのね、ウフフ……）。

子育て

子どもがいるって楽しい。

あっという間に時間がたって暇じゃなくてイイ。笑える。さみしくない。癒される。ときどきは役に立つコトもある。これがメリットだ。

デメリットはというと、うるさい。ちらかる。ウザイことがある。自分の時間がない。イラつく。めんどくさい用事が多い。ほかにもいっぱいあるけど、まあ、こんなもんでしょうか。子どもというもんが好きか嫌いかと言われたら、真ん中だろう。どっちつかずで、ヒキョウな気はするけど……。

子どもって一言で言っても、やはり人間なのでいろんな性格がある。結局は自分との相性なんだろう。

娘をとおして見てきた子どもたち。そのなかでもやっぱり「コイツちょっとヤダ」「この子は、すッげぇかわいいかも……」って思うことは正直あった。

大人同士と同じ。子どもとも相性だよ、やっぱり。

保育士さん、学校の先生、これらの〝子どもを指導する立場〟の人にも感情はあるハズだ。

それをいかに他人に悟られずにやりすごすか……大変だよね。

そして不器用な人が周りからたたかれるんだ。

まぁ、同じ人間なんだからさ、仕方ないって言えば仕方ないよ。

かぞく

娘が最近「家族だから」って言葉をつかう。

あたしが、

「家族はママだけだよねえ～？」

と聞くと、首をふって、

「じーちゃんとぉ、ばーちゃんとぉ、おにーちゃん（あたしの弟で未婚）とぉ、ぱぱ」

だってさ。

「えー？　だけど、いっしょに住んでないじゃん」

ってあたしが言ったら、

「はなれてたって、かぞくはかぞくー。ままだってさ、もし、もしだよ。じーちゃんとばーちゃんがりこんして、ばーちゃんとふたりだったとしてもさ、じーちゃんはままのかぞくでしょ？」

「……まあ、そうだけど……」

なんだかあたしは納得してしまった。

こいつのそーゆー考え方、すごいと思った。説得力ある。わが子ながらいろいろ考えてるのね。

「んじゃあ、パパの彼女は？」

の問いには、

「それは別だよ」

なのだそうだ。

うーん。というコトは、あたしが再婚したとして、娘の義父になった人のことは、どうなのかしらん？

二十日大根

娘が学校から二十日大根の芽を、わら半紙にくるみ、それをさらにビニール袋に入れて、大切そうに持ってきた。

わが家には庭がないので、さっそくばあちゃんちへ行き、植えてもらった。

ここからはばあちゃんと娘との会話。

ば「あらまあ、こんなに持ってきてー、何コレ?」

娘「はつかだいこん。あかいのとか、しろいのとかなるってさ」

ば「んで、こいづ、どぃなぐ植えんの?」

娘「あー、せんせいが、〝まんびき〟して、うえてねって、いってた」

ば「万引き?」

娘「うん。せんせい、いってた」

ば「……万引き? かなあ……」

「そりゃあ、間引きだろ」って、ツッコムこともできず、ただ笑かしてもらった。先

第三章　娘とあたし

生が万引きしろってか？

「ありえない」

今日の「ありえない」こと。綿棒に安全ピンが突き刺さり、ヘアゴムと糸がその先にだらーんとぶら下がってた。

娘いわく「おさいほう！」……ありえない……。

座イスにすわったら、ケツに何か変な形の針金が刺さった！

娘いわく「クリップだよ」……ありえない……。

家に帰ってポストを見ると、アイスの箱と木のかけら（棒っきれ？）が入ってた。

娘いわく「研究」……ありえない……。

そーいえばいつだったか、ポストに和菓子が無造作に入っていた。

娘いわく「○○ちゃんにもらったの、入れといたの忘れてたー」

あぁそうですか。ママはてっきり毒入りだと思って火曜サスペンス劇場ばりのすっげぇ妄想が頭の中をかけめぐってしまったよ。冷蔵庫じゃないんだから、食べる物を入れてはいけません。

しかし、その上へ郵便物を置いていってくれた郵便屋さん、うちのポストのことどう思ってるんだろう？　いつもいろいろ奇妙なモノが入っていてごめんなさい。生き物だけは入れないように言い聞かせますのでこれからも配達してくださいね～。

……ありえない……郵便屋さんがいちばんそう思っているにちがいない。

自分であることの意味

小学生のころ、自分のキャラを、転校を機に「優等生風に、おとなしく真面目で、品よく」に変えようとしてみたことがある（フツーの子どもは変えたいと思うことがあるのかすごく疑問だけれど……まぁ変わった子だったのかな、あたし）。

その結果、そのキャラに自分が食われちゃって、さらにオドオドした暗い子どもになっちゃった。友だちもできなくなっちゃった。人に声をかけるのがこわくなっちゃった。

それからは「元に戻るコト」に専念した。

環境が変わった。高校入学!!　自分を取り戻したかのように思った。

でも、友だちの裏切りをきっかけに、「キャラに食われた自分」が出てきて、逃げちゃった（つまり中退したの）。

そんなんだから、大人になっても、ときどき元に戻って、ときどき食われてを繰り返して今にいたる。

だから人づきあいが下手だ。

娘にはそうなってほしくないなぁ。

彼女はおバカで、あっけらかーんとしてて、でも優しい心を持っている（親バカ？）。

そのままでいてほしいなぁ。

昔はあたしもそうだったような気がする。

母親である自分。彼の彼女である自分。風俗嬢としての自分。すべて自分だ。

今はキャラをつくらない。

風俗の仕事を始めるとき、お店のエライ人に「影のある女に客は興味を持つものだからすべてをベラベラ話してはいけない」って言われた。

何度かキャラをつくって嘘をついてみたりしたけど、ひどく疲れてしまったんだ。

心に塊があってとれない。吐き出したい。そんな衝動にかられた自分がイヤだった。

それからやめたんだ。

この仕事をしていて年齢くらいはみんな嘘ついてるハズ。だけどあたしはできない（バカと呼んでくれ）。聞かれりゃ何でもしゃべってしまう（「それ作り話でしょ？」ってよく客に言われるけど事実なんですよん）。

あたしはあたしでいたいだけなんです。ほかの何者でもないんです。

最初のエライ人の言葉のまるっきし逆いってるけど、それでも客は来てくれる。あたしと話がしたくて来る人がいるってありがたいじゃん。存在してるなー、生きてるなー、と感じる。

自分であるコトって意味は、そんなところに隠れてるかもね。

まず疲れてはいけないよなぁ。無理はいけないよー。

娘よ。ひとりの人間としてのあたしから忠告！　そのままでいろー!!　バカでもいいのだ。

うわぐつ

毎週日曜の朝、娘のうわぐつを二足洗う。学校のと、放課後クラブの分だ。二〇cmの白いうわぐつが、元の白さがわからないくらいに黒い。コイツらを早く洗って乾かさないと明日の朝まで間に合わないのだ。

元来がめんどくさがりのあたしは、何事も追いつめられないとダメらしい。それでこのありさまである。

金曜日に持って帰ってくるのだから、金曜の夜に洗っておけば、雨だろうが雪だろうがヨユーで月曜の朝マデには乾くであろう。

きっとほかのうちのお母さんたちは、そのようにしているんだろうナァ……。しかぁし!! あたしには秘密兵器がある。その名は〝コインランドリー〟。うちの近くにあるその場所には、くつも乾かせるありがたい乾燥機があるのだ。

ソイツがめんどくさがりによけいに拍車をかけてくれやがるのだ。

洗面所でもくもくと洗い続けてるときいつも思う。〝愛〟だよナァ……と。

娘を愛しているからこそできる作業だ。

水は冷たい。腕は疲れる。洗剤で手は荒れる。イイことなしである。

ただ、娘にきれいな白いうわぐつをはかせてやりたい。その思いだけがあたしの原動力なのだ。

ああ……自分が小学生のころ、母もこうだったのだろうか……ありがとう、おかあさん。

そして二足、無事に洗い終わり、外を見ると、やはり雨なので、秘密兵器の元へと走るあたしなのだった。

虹

娘を産んでから、よく虹を見かけるようになった。朝だったり。夕方だったり。午後だったり。時間帯はあまり関係ないようだ。

娘といっしょに虹と遭遇したときには二人とも無言で虹を見ている。

二重になっていたりなんかしたら、

「虹だネェ……スゴイねー……フタツあるねえ……」

などと当たり前のコトを口走りながら、並んでジーッと見てしまう。

本当に得をした気分になる。

いったい、そのとき、その瞬間に、同じ虹を見ている人は何人いるんだろうか。

虹は少し離れると見えなくなってしまうこともあるから、町内限定とか、その地区限定とか、もしかしたら一丁目限定なんてこともあるかもしれないよなぁ……。

虹との出合いは、人との出会いによく似ているみたいだ。

その日、そのとき、その偶然がなかったら、ずっと知らずに過ごすのだ。

スゴイ確率だよナァ……。

今はこうやって、たくさん虹に出合ってるケド、娘の出産以前は幼いころに見た記憶以外に虹に出合ったことがない気がする。見ていたのかもしれないが全然覚えていない。どれだけ下を向いていたのだろうか。

星や雲や太陽……そういう記憶もまったくないから、やっぱり下を向いていたのだろう……心も体も。

最近じゃ天気予報はすぐハズレて、あてにならないから、空ばかり見ている。

そうでもしないと、洗濯物がアブナイからだ。

何はともあれ、あたしが毎日空を見上げているのは、娘のおかげなのだろう……。

著者プロフィール

芳澄　櫻（よしずみ　さくら）

結婚歴１回、離婚歴１回、出産経験あり。
現在ソープ嬢であり、１児の母。

フロ屋のねえちゃん

2004年8月15日　初版第１刷発行
2004年8月20日　初版第２刷発行

著　者　芳澄 櫻
発行者　瓜谷 綱延
発行所　株式会社文芸社
〒160-0022　東京都新宿区新宿１－10－１
電話　03-5369-3060（編集）
03-5369-2299（販売）

印刷所　神谷印刷株式会社

ISBN4-8355-7853-8 C0095